dtv

Wenn im Herbst der Himmel die Schleusen öffnet, dann ist es Zeit für diesen kleinen Lyrikband. Dann kann man sich an milde Maitage erinnern, an die Pracht eines Regenbogens oder daran, wie schön es ist, eng aneinandergeschmiegt unter einem Schirm zu laufen. Viele prominente Lyriker von gestern und heute sorgen dafür, daß ein Regentag plötzlich die heitersten und interessantesten Facetten erhält. Denn noch in der Klage über das kühle Naß schwingt die Erkenntnis mit, daß nach dem Regen wieder die Sonne scheinen wird: Parabeln für das Leben, nicht nur für Regentage, von Ingeborg Bachmann bis Kurt Schwitters, von Rose Ausländer bis Justinus Kerner.

Der Herausgeber *Mathias Mayer* lehrt Neuere deutsche Literatur an der Universität Regensburg.

Gedichte für einen Regentag

Herausgegeben von
Mathias Mayer

Deutscher Taschenbuch Verlag

Originalausgabe
September 2002
Deutscher Taschenbuch Verlag GmbH & Co. KG,
München
www.dtv.de

Umschlagkonzept: Balk & Brumshagen
Umschlaggestaltung: Stephanie Weischer unter Verwendung
eines Gemäldes von William Weekes
(© Bildarchiv Steffens / Bridgeman Art Library)
Gesetzt aus der Bembo 10/12˙ (QuarkXPress)
Satz: Fotosatz Reinhard Amann, Aichstetten
Druck und Bindung: Druckerei C.H. Beck, Nördlingen
Gedruckt auf säurefreiem, chlorfrei gebleichtem Papier
Printed in Germany · ISBN 3-423-20563-6

Inhalt

Günter Bruno Fuchs
1928–1977

Regen

Im Regen
spricht
ein Stern. Jedesmal

steigt er
in den Zweigen
des Baumes

vorüber
an meinem
Fenster. Jedesmal
mehr als

ein Freund. Bald
verstehen
wir uns.

Günter Kunert
*1929

Regen

In der Welt der zerstörten Bilder,
der unglaubhaften Schriften
bezeichnet der Regen die Fassaden
mit Eindeutigkeit:

Schau meine Werke, feucht und
fröhlich: Fäulnis
verbreitend, die Leben ist.
Aqua destillata gebiert
nichts: Reinheit
ist furchtlos.

Studiere den Regen: jeder Tropfen
ist wahr.

Nikolaus Lenau
1802–1850

Stimme des Regens

Die Lüfte rasten auf der weiten Heide,
Die Disteln sind so regungslos zu schauen,
So starr, als wären sie aus Stein gehauen,
Bis sie der Wandrer streift mit seinem Kleide.

Und Erd' und Himmel haben keine Scheide,
In Eins gefallen sind die nebelgrauen,
Zwei Freunden gleich, die sich ein Leid vertrauen,
Und Mein und Dein vergessen traurig beide.

Nun plötzlich wankt die Distel hin und wieder,
Und heftig rauschend bricht der Regen nieder,
Wie laute Antwort auf ein stummes Fragen.

Der Wandrer hört den Regen niederbrausen,
Er hört die windgepeitschte Distel sausen,
Und eine Wehmuth fühlt er, nicht zu sagen.

Günter Kunert
*1929

Beim Lesen Lenaus

Gleichgültigkeit des Regens und der Wolken,
Gleichgültigkeit: ein trister Flüsterlaut,
ergeben seinen Kopf dem Regen hingehalten,
der ihn beweint bis auf die bleiche Haut.

Absterben bei belebtem Leib, mit offnen Augen,
verhängt von dichten Schleiern aus Melancholie,
verfolgt vom ewig gleichen Regen allerorten,
bis daß er endet: doch er endet nie.

Johann Gottfried Herder
1744–1803

Schöne Göttin

Schöne Göttin,
Himmelstochter!
Mit dem vollen
Wasserkruge,
Den dein Bruder
Jetzt zerschmettert
Daß es wettert
Ungewitter,
Blitz und Donner!

Schöne Göttin,
Königstochter!
Und nun träufelst
Du uns Regen,
Milden Regen!
Doch oft streuest
Du auch Flocken
Und auch Schloßen!
Denn so hat dir
Er der Weltgeist!
Er der Weltgott!
Virakocha!
Macht gegeben
Amt gegeben!

Heinrich Heine
1797–1856

Mythologie

Ja, Europa ist erlegen –
Wer kann Ochsen widerstehen?
Wir verzeihen auch Danäen –
Sie erlag dem goldnen Regen!

Semele ließ sich verführen –
Denn sie dachte: eine Wolke,
Ideale Himmelswolke,
Kann uns nicht kompromittieren.

Aber tief muß uns empören
Was wir von der Leda lesen –
Welche Gans bist du gewesen,
Daß ein Schwan dich konnt betören!

Theodor Storm
1817–1888

Morgane

An regentrüben Sommertagen,
Wenn Luft und Flut zusammenragen
Und ohne Regung schläft die See,
Dann steht an unserm grauen Strande
Das Wunder aus dem Morgenlande,
Morgane, die berufne Fee.

Arglistig halb und halb von Sinne,
Verschmachtend nach dem Kelch der Minne,
Der stets an ihrem Mund versiegt,
Umgaukelt sie des Wandrers Pfade,
Und lockt ihn an ein Scheingestade,
Das in des Todes Reichen liegt.

Von ihrem Zauberspiel geblendet,
Ruht manches Haupt in Nacht gewendet,
Begraben in der Wüste Schlucht;
Denn ihre Liebe ist Verderben,
Ihr Hauch ist Gift, ihr Kuß ist Sterben,
Die schönen Augen sind verflucht.

So steht sie jetzt im hohen Norden
An unsres Meeres dunklen Borden,
So schreibt sie fingernd in den Dunst;
Und quellend aus den luft'gen Spuren
Erstehn in dämmernden Konturen
Die Bilder ihrer argen Kunst.

Doch hebt sich nicht wie dort im Süden
Auf rosigen Karyatiden
Ein Wundermärchenschloß in's Blau;
Nur einer Hauberg graues Bildnis
Schwimmt einsam in der Nebelwildnis,
Und Keinen lockt der Hexenbau.

Bald wechselt sie die dunkle Küste
Mit Libyens sonnengelber Wüste
Und mit der Tropenwälder Duft;
Dann bläst sie lachend durch die Hände,
Dann schwankt das Haus, und Fach und Wände
Verrinnen quirlend in die Luft.

Wolfgang Borchert
1921–1947

Regen

Der Regen geht als eine alte Frau
mit stiller Trauer durch das Land.
Ihr Haar ist feucht, ihr Mantel grau,
und manchmal hebt sie ihre Hand

und klopft verzagt an Fensterscheiben,
wo die Gardinen heimlich flüstern.
Das Mädchen muß im Hause bleiben
und ist doch grade heut so lebenslüstern!

Da packt der Wind die Alte bei den Haaren,
und ihre Tränen werden wilde Kleckse.
Verwegen läßt sie ihre Röcke fahren
und tanzt gespensterhaft wie eine Hexe!

Ivan Goll
1891–1950

Der Regenpalast

Ich hab dir einen Regenpalast erbaut
Aus Alabastersäulen und Bergkristall
  Dort wirst du in tausend Spiegelsälen
  Immer erneuert dich für mich wandeln

Aus hohen Krügen trinken wir Regenwein
Die Regenpalme nährt uns mit grauer Milch
  Und was ein Jauchzen und ein Plätschern
  Liebe Libelle im Regenurwald

Im Käfig der Lianen ersehnst du mich
Die Regenbienen saugen das Regenblut
  Aus deinen grauen Augenkelchen
  Singende Reiher sind deine Wächter

Mit Regendiamanten bestreu ich dich
Ich großer Maharadscha des Regenreichs
  Des Macht und Recht gewogen wird
  Nach den gesegneten Regenjahren

Von Regenfenstern schauen wir wie die Zeit
Mit Regenfahnen über das Meer hinweht
Und mit dem Schlachtheer grimmer Stürme
Elend in alten Morästen endet

Du aber strickst im heimlichen Perlensaal
Durchwirkt von Hanf und Wolle ein Regentuch
Das Leichnamstuch breit für uns beide
Bis in die Ewigkeit warm und haltbar

Bertolt Brecht
1898–1956

Sintflut

Siebenmal
Siehst du nicht her
Aber beim achten Mal
Verdammst du sofort

Justinus Kerner
1786–1862

Im Grase

Laßt mich im Gras und Blumen liegen
Und schaun dem blauen Himmel zu:
Wie goldne Wolken ihn durchfliegen,
In ihm ein Falke kreist in Ruh'.

Die blaue Stille stört dort oben
Kein Dampfer und kein Segelschiff,
Kein Menschentritt, kein Pferdetoben,
Nicht des Dampfwagens wilder Pfiff.

Laßt satt mich schauen in die Klarheit,
In diesen keuschen, sel'gen Raum.
Denn bald könnt' werden ja zur Wahrheit
Das Fliegen, der unsel'ge Traum.

Dann flieht der Vogel aus den Lüften
Wie aus dem Rhein der Salme schon,
Und wo einst singend Lerchen schifften,
Schifft grämlich stumm Britannias Sohn.

Blick' ich gen Himmel, zu gewahren,
Warum's so plötzlich dunkel sei,
Erschau' ich einen Zug von Waren,
Der an der Sonne schifft vorbei.

Fühl' Regen ich im Sonnenscheine,
Such' ich den Regenbogen keck,
Ist es kein Regen, wie ich meine,
Ward in der Luft ein Ölfaß leck.

Laßt schaun mich von dem Erdgetümmel
Zum Himmel, eh' es ist zu spät,
Eh' wie vom Erdball so vom Himmel
Die Poesie still trauernd geht.

Verzeiht dies Lied des Dichters Grolle,
Träumt er von solchem Himmelsgraus,
Er, den die Zeit, die dampfestolle,
Schließt von der Erde lieblos aus.

Hans Magnus Enzensberger
*1929

Der fliegende Robert

Eskapismus, ruft ihr mir zu,
vorwurfsvoll.
Was denn sonst, antworte ich,
bei diesem Sauwetter! –,
spanne den Regenschirm auf
und erhebe mich in die Lüfte.
Von euch aus gesehen,
werde ich immer kleiner und kleiner,
bis ich verschwunden bin.
Ich hinterlasse nichts weiter
als eine Legende,
mit der ihr Neidhammel,
wenn es draußen stürmt,
euern Kindern in den Ohren liegt,
damit sie euch nicht davonfliegen.

Bertolt Brecht
1898–1956

Der Regen fliesst von oben nach unten

Der Regen fließt von oben nach unten
Und zwei mal zwei ist vier
Und wer siegt, das sind die andern
Und wer geschlagen wird, das sind wir.

Sie sagten: es fliegt kein Flieger
Bis Essen und Berlin
Und jetzt wanken unsre Städte
Mit Stuhl und Tisch und Bette
Und wir wissen nicht, wohin.

Sie sagten: in drei Wochen
Ist die Russenmacht ja aus
Und jetzt stehen unsre Armeen
In Feuerregen und Schneen
Und finden nicht mehr nach Haus.

Sie sagten: wir können es schaffen
Gegen die ganze Welt

Unser Führer ist ein Dummkopf
Nur eines, das ist dumm:
Er hat noch Dümmre getroffen
Die führt er wie besoffen
Jetzt an der Nase herum.

Franz Grillparzer
1791 – 1872

Regen und Unmut

Böses Wetter, böses Wetter!
Es entladen sich die Götter,
Reinigen ihr Wolkenhaus,
Und die Menschen badens aus.

Rose Ausländer
1907–1988

Regen

Verzehrt sind
die Reste
verschimmelte Rinde
Krumen in die
der Hunger geknetet war

Es heißt auf die
nasse Ernte warten

Grüne Terrassen
Reben um Rom
trinken Sonne

Wie kamen wir hin

Hier
ertrinkt unser Brot

Marie Luise Kaschnitz
1901 – 1974

Regen

Ausgelöst von
Wie man sagt
Diesen fernhin
Zielenden Schüssen

Fallen die großen Regen
Außer der Zeit
Verfinstern die Rosenblüte
Entblättern
Die auf dem Markt
Schwärzlich
Verlassenen Lilien

Gebündelt vom Sturm
Die zerrissenen Wahlplakate
Klatschende Hexentänze
Durch die Platanen

Häuser
Gedeckter Tisch
Bräutliches Lager talab
Getragen in die
Unkenntlichen Flüsse

Tief in den Schlaf der Gerechten
Bäumen sich die auf den Dächern
Angeklammerten schreiend
Hilfe im eisigen Wind

Priester waten geschürzt
Im mondüberwanderten Schiffe
Schöpfen die zum Altarrand
Aufsteigende aus den Kanälen
Stille morastige Flut

Heiner Müller
1929–1995

Leichter Regen auf leichtem Staub

Leichter Regen auf leichtem Staub
Die Weiden im Gasthof
Werden grün werden und grün
Aber du Herr solltest Wein trinken vor deinem Abschied
Denn du wirst keine Freunde haben
Wenn du kommst an die Tore von Go

(für Erich Honecker nach Ezra Pound und Rihaku)

Hans Magnus Enzensberger
*1929

Abendnachrichten

Massaker um eine Handvoll Reis,
höre ich, für jeden an jedem Tag
eine Handvoll Reis: Trommelfeuer
auf dünnen Hütten, undeutlich
höre ich es, beim Abendessen.

Auf den glasierten Ziegeln
höre ich Reiskörner tanzen,
eine Handvoll, beim Abendessen,
Reiskörner auf meinem Dach:
den ersten Märzregen, deutlich.

Peter Huchel
1903–1981

Totenregen

Fiel nicht der Regen am Gemäuer,
gern trüge ich hinaus ein Feuer,
zu wärmen, wenn die Wasser waschen,
die armen Toten, armen Aschen.

Dort draußen, wo die Nebel wittern,
im Hof der Weiden, an den Gittern
hörn sie im Wind die alte Klage.
Sie schmecken noch das Brot der Tage.

Ach, daß sie so verwaist verliegen,
so bloß sich in den Moder schmiegen,
ich trüge gern ein neues Linnen
in ihr Gewölb voll Wurm und Spinnen.

Vom Stein wollt ich den Regen schöpfen,
wo säß ein Kind mit weißen Zöpfen.
Sie sehnen sich nach heißen Flammen,
die Kleinen nach dem Tuch der Ammen.

Wo um sie her die Nebel rauchen,
was frommte wohl mein schwaches Hauchen?
Mein Feuer würd ich bald verlieren,
ging ich im Wind, in dem sie frieren.

Der Regen rinnt, die Steine trauern,
die Nacht stößt kalt an Tor und Mauern,
denk ich der Toten, dort vergessen
im Bitterkraut, im Stroh der Kressen.

Stefan George
1868–1933

Betrübt als führten sie zum totenanger

Betrübt als führten sie zum totenanger
Sind alle steige wo wir uns begegnen
Doch trägt die graue luft im sachten regnen
Schon einen hauch mit neuen keimen schwanger.
In dünnen reihen ziehen bis zum schachte
Erfüllt mit falbem licht die welken hecken
Wie wenn sich viele starren hände recken
Und jede eine zu umschlingen trachte . .
Der seltnen vögel klagendes gefistel
Verliert sich in den gipfeln kahler eichen ·
Nur ein geheimnisvoll lebendiges zeichen
Umfängt den schwarzen stamm: die grüne mistel.
Dass hier vor tagen wol verlockend schaute
Ein kurzer strahl aus nässe-kaltem qualme
Verraten auf dem grund die blassen halme:
Das erste gras . . und zwischen dürrem kraute
In trauergruppen dunkle anemonen.
Sie neigen sich bedeckt mit silberflocken
Und hüllen noch mit ihren blauen glocken
Ihr innres licht und ihre goldnen kronen
Und sind wie seelen die im morgengrauen
Der halberwachten wünsche und im herben
Vorfrühjahrwind voll lauerndem verderben
Sich ganz zu öffnen noch nicht recht getrauen.

Theodor Fontane
1819–1898

Der Kranich

Rauh ging der Wind, der Regen troff,
Schon war ich naß und kalt;
Ich macht' auf einem Bauerhof
Im Schutz des Zaunes halt.

Mit abgestutzten Flügeln schritt
Ein Kranich drin umher,
Nur seine Sehnsucht trug ihn mit
Den Brüdern übers Meer;

Mit seinen Brüdern, deren Zug
Jetzt hoch in Lüften stockt,
Und deren Schrei auch ihn zum Flug
In fernen Süden lockt.

Und sieh, er hat sich aufgerafft,
Es gilt erneutes Glück;
Umsonst, der Schwinge fehlt die Kraft,
Und ach, er sinkt zurück.

Und Huhn und Hahn und Hühnchen auch
Umgackern ihn voll Freud'; –
Das ist so alter Hühner-Brauch
Bei eines Kranichs Leid.

Hans Carossa
1878–1956

Die Nebel

Es fliehen die Nebel
Aus dämmriger Au
Zu goldner Verwandlung
Ins schimmernde Blau.

Sie schwinden im Glanz
Hinter dampfende Wand,
Sie brau'n dir Gewitter,
Du glückliches Land!

Am ehernen Tag,
Unter welkem Azur,
Wenn Halme verdursten
Auf staubiger Flur,

Da kommen sie finster
In Wolken genaht
Und rauschen dir Segen
Auf all deine Saat.

Hilde Domin
*1912

Tauben im Regen

Meine Füße die viel gegangen sind,
meine Füße zwei Tauben
die jede Nacht
das Nest deiner Hände suchten,
meine Kinderfüße.

Die du weggewiesen hast,
sie sitzen im Regen
vor deiner Tür,
aneinander geschmiegt,
zwei Tauben im Regen,

meine Kinderfüße.

Karl Röttger
1877–1942

Lindenaufblühn

1.
Des Mittags blasser Junihimmel trug
Ermattung und die Schwermut seiner Blässe,
Als ob ein Gift in Geist und Adern schlug,
Und eine Faust das starre Hirn zerpresse.
Und Stille. Wie gekettet jedes Ding
An Unsichtbares, daß es sich nicht rühre;
Und jedes Blatt, erstarrt und ehern, hing
Wie ewig tot. Als ob es nie mehr spüre
Die Hand des Windes und die Hand des Lichts
Und nie mehr flattere und nie mehr rede
Erschauerndes; es hing: wie – nichts;
Und da geschah es, und es hatte jede
Blüte sich aufgetan und träufte still
Den Honigduft, der sich auf alles legte;
Und durch die Schwermut schien es dunkelhell
Wie erstes Lächeln und wie leis-bewegte
Glänzende Fläche .... und da brach der Bann;
Es kam ein Atem und ein Wind; und Tropfen
Fingen ins dunkle Laub zu fallen an
Und auf den Boden dunkel hinzuklopfen.

2.

Der Regenduft war schweren Honigs voll
Aus allen honiggelben Lindenblüten.
Und jeder Tropfen, der im Sande quoll,
Und der an Holz und Stein zerklang, zerscholl
Und glänzend barst, trug schwer am tiefgeglühten
Duft aus dem Herzen eines dunklen Baums,
Der zitternd troff, in dem die Säfte mühten,
Das Dunkle eines allerletzten Traums
Dumpf zu verschwenden in den gelben Blüten.
Und Herz an Herz der Dinge sogen, tranken
Und glänzten feucht, wie seidenhaft behängt,
Und aus der Fülle schöner Geistgedanken,
Die durch das Äußere zu glühn anfängt.

Günter Eich
1907–1972

Regen im Gebirge

Die Wolken, die sich an den Bergen stoßen,
vergießen ihre Last.
Das Moos saugt Wasser wie ein Schwamm. Zur Regentraufe
wird Farn und Fichtenast.

Die Wälder sprechen lauter miteinander.
Im schaumigen Getropf
am Wegrand hockt der Salamander
und hebt den Drachenkopf.

Das Feuer wartet. Ins Gefühl der Nässe
mischt sich ein Schauder wie von Anbeginn.
Aus Schöpfungsnebel weht ein Hauch vergessen
jäh übers Blattwerk als ein Frösteln hin.

Von Zeugung schwebt ein bangendes Entzücken,
Schlammblasen wölben schwellend sich im Sand.
Giftschleier über dem Amphibienrücken
sind schwefelgelb im ersten Blitz entbrannt.

Hugo Dittberner
*1944

Ode an den Landregen

Regen für die abgebrannten Felder,
Regen für das aufgesprungene Land und
die Ameisen; Schnürregen, ein Sommertagstraum,
bei geöffnetem Fenster, duftender Strom.
Regen über häßlichen Garagen aus Wellblech,
farblos, zu; ich will nie wieder den Regen
verraten, dies hemmungslose Tropfen, das
den Stein höhlt, das Gefieder der Vögel struppig
macht und wieder glänzend, dies Grau in Grau,
das die Augen schont und den Herzschlag
beruhigt, die Gewißheit, der Lesefrieden,
das zeitlose Aufblicken. O Regen,
O gleichförmig strömender Regen, das Land
wird weich und glatt durch dich, du färbst
die Blumen neu, du beugst die Blätter, bis es
von ihnen rinnt, friedfertig, unaufhörlich,
um mich herum, in mich hinein: O duldsamer
Regen, unter dem die Haare wachsen und
die Uhren beschlagen, nimmermüde, schläfrig,
ein Bote der nassen, gewendeten Kissen,
der Vorfreude, des Aufseufzens, der unendlichen
Gesänge. O Regenbogen!

Georg Heym
1887–1912

Berlin V

Der Regen rauscht in einer weißen Wand.
Die Wolken fliehn, als ob sie Sturm zerbliese.
Das Regenwasser läuft am Straßenrand
Und auf dem Asphalt hin in heller Brise.

Die Straßenbäume schwanken an den glatten
Pfählen, und zeigen weiß den Blättergrund.
Wie eine schwarze Schar von großen Ratten,
So stehn die Schirme vor des Bahnhofs Mund.

Ingeborg Bachmann
1926–1973

Harlem

Von allen Wolken lösen sich die Dauben,
der Regen wird durch jeden Schacht gesiebt,
der Regen springt von allen Feuerleitern
und klimpert auf dem Kasten voll Musik.

Die schwarze Stadt rollt ihre weißen Augen
und geht um jede Ecke aus der Welt.
Die Regenrhythmen unterwandert Schweigen.
Der Regenblues wird abgestellt.

Gottfried Keller
1819–1890

Trübes Wetter

Es ist ein stiller Regentag,
So weich, so ernst, und doch so klar,
Wo durch den Dämmer brechen mag
Die Sonne weiß und sonderbar.

Ein wunderliches Zwielicht spielt
Beschaulich über Berg und Tal;
Natur, halb warm und halb verkühlt,
Sie lächelt noch und weint zumal.

Die Hoffnung, das Verlorensein
Sind gleicher Stärke in mir wach;
Die Lebenslust, die Todespein,
Sie ziehn auf meinem Herzen Schach.

Ich aber, mein bewußtes Ich,
Beschau' das Spiel in stiller Ruh,
Und meine Seele rüstet sich
Zum Kampfe mit dem Schicksal zu.

Wolfdietrich Schnurre
1920–1989

Regentag

Ach, Mann.
  Komm, hör auf.
Wenn man s bloß wüßt.
  Was ei'm fehlt?
Ja.
  Irgendwas.
Und wenn ei'm *nischt* fehlt?
  Fehlt ei'm irgendwas andres.
Bestimmt.

Heinrich Heine
1797–1856

Verdrossnen Sinn im kalten Herzen hegend

Verdroßnen Sinn im kalten Herzen hegend,
Reis ich verdrießlich durch die kalte Welt,
Zu Ende geht der Herbst, ein Nebel hält
Feuchteingehüllt die abgestorbne Gegend.

Die Winde pfeifen, hin und her bewegend
Das rote Laub, das von den Bäumen fällt,
Es seufzt der Wald, es dampft das kahle Feld,
Nun kommt das Schlimmste noch, es regent.

Hugo von Hofmannsthal
1874–1929

Brief
Aus Bad Fusch, Juli 1892

Es regnet seit 5 Tagen und 5 Nächten.
Der wilde Wind ist wach auf allen Wegen
Die ganze Nacht. Die blassen Blätter zittern
Dann fallen kalte Tropfen; kaltes Rieseln
Ist Tag und Nacht an allen Fenstern, Gurgeln
Und Plätschern in der Rinne und am ärgsten
Das Rauschen nachts im angeschwoll'nen Mühlbach.

Wir können nicht mehr lesen in den Zimmern
Wir müssen immer horchen auf das Rauschen
Der angeschwoll'nen Bäche. Und es dämmert
Unendlich lang. Dann wirds auch immer kälter
Die Knechte sagen, dass es sicher schneit
Auf allen Bergen und auch bald herunten,
Doch sieht man nichts vor schwerem kaltem Regen.
Die Knechte können nichts im Freien thu'n
So sitzen sie den ganzen Tag beisammen
In einer niedern Stube, wo die Fenster
Vergittert sind und reden von Gespenstern:

Vom Sandmann, der die Kinderaugen tödtet
Vom todten Gast und von berühmten Mördern,
Besessenen und nächtlichen Vampyren.
Wir sitzen abends in dem weißen Zimmer
Dem mit den alten unbequemen Möbeln
Aus der Congresszeit, wo auch das Clavier steht ...

Sarah Kirsch
*1935

Gasthaus

Seit Tagen fällt der Regen so dicht
Und gleichzeitig steigt Nebel herauf
Daß die Welt wahrhaftig sehr klein
Und zusammengeschrumpft vorliegt
Sie reicht knappe drei Meter
Von der Traufe zum Misthaufen hin
Wird seitlich von fallenden
Zäunen und Himbeerruten begrenzt
An denen Tropfen wie Tränen
Fließen Pfützen verschmelzen
Bis das Meer vor der Tür steht.
Ein ordentliches Oben der hohe
Aufgestockte wolkenbefahrene Himmel
Ist nicht auszumachen es bleibt
Nur Fluchen und Türenwerfen
Oder die Kunst in sich selbst
Verloren zu gehen wie rings
Die frühen Hunde und Trinker.

Georg Trakl
1887–1914

De Profundis

Es ist ein Stoppelfeld, in das ein schwarzer Regen fällt.
Es ist ein brauner Baum, der einsam dasteht.
Es ist ein Zischelwind, der leere Hütten umkreist.
Wie traurig dieser Abend.

Am Weiler vorbei
Sammelt die sanfte Waise noch spärliche Ähren ein.
Ihre Augen weiden rund und goldig in der Dämmerung
Und ihr Schoß harrt des himmlischen Bräutigams.

Bei der Heimkehr
Fanden die Hirten den süßen Leib
Verwest im Dornenbusch.

Ein Schatten bin ich ferne finsteren Dörfern.
Gottes Schweigen
Trank ich aus dem Brunnen des Hains.

Auf meine Stirne tritt kaltes Metall
Spinnen suchen mein Herz.
Es ist ein Licht, das in meinem Mund erlöscht.

Nachts fand ich mich auf einer Heide,
Starrend von Unrat und Staub der Sterne.
Im Haselgebüsch
Klangen wieder kristallne Engel.

Detlev von Liliencron
1844–1909

Auf dem Kirchhof

Der Tag ging regenschwer und sturmbewegt,
Ich war an manch vergessnem Grab gewesen.
Verwittert Stein und Kreuz, die Kränze alt,
Die Namen überwachsen, kaum zu lesen.

Der Tag ging sturmbewegt und regenschwer,
Auf allen Gräbern fror das Wort: Gewesen.
Wie sturmestot die Särge schlummerten,
Auf allen Gräbern taute still: Genesen.

Matthias Claudius
1740–1815

Ein Lied um Regen

Der Erste
Regen, komm herab!
  Unsre Saaten stehn und trauern,
    Und die Blumen welken.

Der Zweite
Regen, komm herab!
  Unsre Bäume stehn und trauern!
    Und das Laub verdorret.

Der Erste
Und das Vieh im Felde schmachtet,
  Und brüllt auf zum Himmel.

Der Zweite
Und der Wurm im Grase schmachtet,
  Schmachtet und will sterben.

Beide
Laß doch nicht die Blumen welken!
  Nicht das Laub verdorren!
Oh, laß doch den Wurm nicht sterben!
  Regen, komm herab!

Kurt Schwitters
1887–1948

Frühe rundet Regen blau

Runde das Grün
Schlafe maies Land
Grüne Tropfen tropfenweise
Leise Tropfen tropfen leise
Runde schlaf Land
Schlafe grüne Tropfenwiese
Grüne Tropfen sanften Lied
Grünen Grüne grün.

Barthold Heinrich Brockes
1680–1747

Der Regen

Job. XXXVI, 27. 28.
Er machet das Wasser zu kleinen Tropfen
und treibet Seine Wolcken zusammen zum
Regen, daß die Wolcken fliessen, und triefen
sehr auf die Menschen.

1.
Auf, mein Hertz, auch nun den Regen,
Zu des weisen Schöpfers Ehr,
Recht mit Andacht zu erwegen!
Rühm' Ihn täglich mehr und mehr!
Daß die reiche Schos der Erde
Nicht, versteint, unfruchtbar werde;
Ziehn sich, aus der Erd' und See,
Dünste stetig in die Höh'.

2.
Die der Sonnen heitres Feuer,
Wie ein Tuch, zusammen web't:
Deren ausgespannter Schleyer
In den dünnen Lüften schweb't:
Die ihr Strahl, wie Berge, bildet,
Sie versilbert und vergüldet,
Daß sie oft die schön'ste Zier
An des Firmaments Sapphir.

3.
Erd und Fluht träg't hier die Lüfte;
   Droben träg't die Luft die Fluht.
Daß die Last der feuchten Düfte
   Auf so leichten Stützen ruht,
Kann kein Menschen-Witz ergründen,
Ja, recht als beleb't von Winden,
   Treibt der Wolcken fliegend Meer
   Grund- und Ufer-los daher.

4.
Der verdickten Düfte Söhne,
   Der geschwoll'nen Wolcken Frucht
Trieft mit rauschendem Getöne,
   Und vertreibt die heisse Sucht
Der vor Durst geborst'nen Felder;
Nährt die Wiesen, tränckt die Wälder;
   Schwängert den sonst dürren Sand,
   Und erfrischet Laub und Land.

5.
Alles aber würd' ersauffen,
   Brechen und zu trümmern gehn,
Wenn der Wolcken Fluht mit Hauffen
   Von den ungeheuren Höhn,
Als ein' allzuschwere Bürde,
Unzertheilet fallen würde;
   Wenn ein dicker Wasser-Schwall
   Uns bedecket' überall.

6.
Drum schaff't GOtt, daß sich der Regen
  Durch die Luft nur tröpflend dreng't;
Daß des Himmels feuchter Segen
  Jedes Gras und Kraut bespreng't.
Diese Tropfen, wenn sie fallen,
Hör't man gleichsam rauschend lallen:
  Nimm, o Mensch, in uns in Acht
  GOttes Lieb' und weise Macht!

7.
Wann die aufgezog'nen Düfte
  Aus der Wolcken regem Zelt,
Durch die ausgespannten Lüfte,
  Wieder sincken auf die Welt;
Machen die verdickten Dünste
Tausend kleine Wasser-Künste,
  Deren Rauschen, Spiel und Schertz
Rührt durchs Aug' und Ohr das Hertz.

8.
Wenn sie von der Bäume Wipfeln
  Tröpfelnd fallen in den Sand;
Wenn sie von der Berge Gipfeln
  Rauschend stürtzen übers Land;
Kann man mit Vergnügen sehen,
Wie viel Wasser-Fäll' entstehen,
  Scheinen nicht Laub, Kraut und Stein
  Wasser-Werck' alsdann zu seyn?

9.
Wenn sie sich in Tropfen theilen,
  Und mit ungehemmten Fall
Wieder nach den Wassern eilen,
  Wo sie, mit besonderm Schall,
Klatschendem und sanftem Krachen,
Tausend Wasser-Blasen machen;
  Spür't das Hertz in uns'rer Brust
  Eine nie gespür'te Lust.

10.
Denn es wird die Lust beweget,
  Ausgefrischt und abgekühl't;
Und die frische Luft erreget,
  Wenn der Mensch ihr Schmeicheln fühl't,
Wenn die Theilchen um ihn fliegen,
Ihm ein schaudrigtes Vergnügen,
  Und die Lust wird, wenn mans hör't,
Durchs Getöse, noch vermehrt.

11.
Wenn sich Luft und Boden netzet
  So daß alles klatscht und zischt;
Wird das Hertz durchs Ohr ergetzet,
  Durchs Gefühl zugleich erfrischt,
Und durch den Geruch gerühret,
Wenns den Duft der Erde spüret:
  Ja es fehlet dem Gesicht'
  Auch an Lust, im Regen, nicht.

12.
Auf des Wassers dunckler Fläche,
   Die der trübe Himmel schwärtzt,
Quellen plötzlich kleine Bäche,
   Deren jeder sprudlend schertzt,
Ja mit Murmeln schäumt und sauset,
Voller Wirbel sanfte brauset;
   Und der Wasser-Blasen Pracht
   Zu beström'ten Inseln macht.

13.
Die wir, wie Krystallne Hügel,
   Mit vergnüg'ten Augen sehn
Auf der Fluht sonst glattem Spiegel
   Sich im Augenblick erhöhn,
Und, voll Luft, als wenn sie leben,
Sich bewegen, drehen, schweben,
   Bald zerplatzen, bald entstehn,
   Bald erscheinen, bald vergehn.

14.
Mensch, erwege doch und mercke,
   Nebst des Schöpfers Lieb' und Gunst,
Seine weise Wunder-Stärcke,
   Der, wie eine Wasser-Kunst,
Die so schwere Fluht regieret,
Sie bald auf- bald abwärts führet,
   Und dadurch die schöne Welt
   In der Fruchtbarkeit erhält.

Rainer Maria Rilke
1875–1926

Einsamkeit

Die Einsamkeit ist wie ein Regen.
Sie steigt vom Meer den Abenden entgegen;
von Ebenen, die fern sind und entlegen,
geht sie zum Himmel, der sie immer hat.
Und erst vom Himmel fällt sie auf die Stadt.

Regnet hernieder in den Zwitterstunden,
wenn sich nach Morgen wenden alle Gassen
und wenn die Leiber, welche nichts gefunden,
enttäuscht und traurig von einander lassen;
und wenn die Menschen, die einander hassen,
in *einem* Bett zusammen schlafen müssen:

dann geht die Einsamkeit mit den Flüssen …

Theodor Fontane
1819–1898

Wind und Regen

Wind und Regen
Sind mir oft entgegen;
Ich ducke mich, lass' es vorübergahn,
Das Wetter will seinen Willen han.

Heinrich Gutberlet
1877–1953

Regen

Ich liebe die grauen Regentage,
Des Himmels düsteres Wolkenkleid.
Dann hör' ich still, ohne Wunsch und Klage
Den Stundenschlag der Unendlichkeit.
Dann ist mir's, als sei in die Seele versunken
Das freundliche Licht, das den Tag sonst erhellt.
Und in heimliche Tiefen huscht leise ein Funken
Des leuchtenden Glücks einer schöneren Welt.

Heinrich Hoffmann von Fallersleben
1798–1874

Regen, Regen!

Regen, Regen,
Himmelssegen!
Bring' uns Kühle, lösch' den Staub
Und erquicke Halm' und Laub!

Regen, Regen,
Himmelssegen!
Labe meine Blümelein,
Daß sie blühn am Sonnenschein!

Regen, Regen,
Himmelssegen!
Nimm dich auch des Bächleins an,
Daß es wieder rauschen kann!

Christian Fürchtegott Gellert
1715–1769

Der Reisende

Ein Wandrer bat den Gott der Götter,
Den Zevs, bey ungestümem Wetter,
Um stille Luft und Sonnenschein.
Umsonst! Zevs läßt sich nicht bewegen;
Der Himmel stürmt mit Wind und Regen,
Denn stürmisch sollt es heute seyn.

Der Wandrer setzt, mit bittrer Klage,
Daß Zevs mit Fleiß die Menschen plage,
Die saure Reise mühsam fort.
So oft ein neuer Sturmwind wütet,
Und schnell ihm, still zu stehn, gebietet:
So oft erthönt ein Lästerwort.

Ein naher Wald soll ihn beschirmen;
Er eilt, dem Regen und den Stürmen
In diesem Holze zu entgehn;
Doch eh der Wald ihn aufgenommen:
So sieht er einen Räuber kommen,
Und bleibt vor Furcht im Regen stehn.

Der Räuber greift nach seinem Bogen,
Den schon die Nässe schlaff gezogen;
Er zielt, und faßt den Pilger wohl;
Doch Wind und Regen sind zuwider;
Der Pfeil fällt matt vor dem danieder,
Dem er das Herz durchbohren soll.

O Thor! läßt Zevs sich zornig hören,
Wird dich der nahe Pfeil nun lehren,
Ob ich dem Sturm zu viel erlaubt?
Hätt ich dir Sonnenschein gegeben:
So hätte dir der Pfeil das Leben,
Das dir der Sturm erhielt, geraubt.

Karl Krolow
1915–1999

Regen

Regen wie
zu lange Sätze in
einer toten Sprache,
Latein des Cicero.

Salamanderzeit.
Die warmen Körper
beginnen zu frieren.

Jemand beugt sich
über feuchtes Papier,
um das Begräbnis
des Lichts zu beschreiben.

Die Spur der Schnecken ist
zäh wie das Gedächtnis
alter Leute an frühere Tage.

Ernst Jandl
1925–2000

REGEN UND KRETIN

heute es sehr regnen tut
ich bin kretin aus blankem mut
und bete zur buße drei vaterunser
die anderen sollen ruhig die köpfe schütteln
unter ihren regenschirmen
ich habe auch geglaubt die kunst tut gut

Friedrich Schiller
1759–1805

Baurenständchen

Mensch! Ich bitte guck heraus!
Klecken nicht zwo Stunden,
Steh ich so vor deinem Haus,
Stehe mit den Hunden.
's regnet was vom Himmel mag,
's g'wittert wie zum jüngsten Tag,
Pudelnaß die Hosen!
Platschnaß Rock und Mantel ei!
Rock und Mantel nagelneu,
Alles dieser Losen.
Draußen, draußen Saus und Braus!
Mensch! ich bitte, guck heraus.

Ei zum Henker, guck heraus!
Löscht mir die Laterne –
Weit am Himmel Nacht und Graus!
Weder Mond noch Sterne.
Stoß ich schier an Stein und Stock,
Reiße Wams und Überrock,
Ach daß Gott erbarme!
Hecken, Stauden rings umher,
Gräben, Hügel kreuz und quer,
Breche Bein und Arme.

Draußen, draußen Nacht und Graus!
Ei zum Henker, guck heraus!

Ei zum Teufel! guck heraus!
  Höre mein Gesuche!
Beten, Singen geht mir aus,
  Willst du, daß ich fluche?
Muß ich doch ein Hans Dampf sein,
Frör ich nicht zu Stein und Bein
  Wenn ich länger bliebe?
Liebe, das verdank ich dir,
Winterbeulen machst du mir,
  Du vertrackte Liebe!
Draußen, draußen Kalt und Graus!
Ei zum Teufel, guck heraus.

Donner alle! Was ist das,
  Das vom Fenster regnet,
Garstge Hexe, kotignaß,
  Hast mich eingesegnet.
Regen, Hunger, Frost und Wind
Leid ich für das Teufelskind,
  Werde noch gehudelt!

Wetter auch! Ich packe mich!
Böser Dämon tummle dich,
    Habe satt gedudelt!
Draußen, draußen Saus und Braus!
Fahre wohl - Ich geh nach Haus.

August Kopisch
1799–1853

Das Regenwetter

Herr Vetter, o Herr Vetter,
Was ist das für ein Wetter!
  Es regnet
  Gesegnet,
  Es gießet
  Und schließet
  Und rollet
  Und tollet!
Das thut den dürren Reben baß!
Das füllt, das füllt manch leeres Faß!
Herr Vetter, o Herr Vetter,
Was ist das für ein Wetter!

Das ist ein Wetter, recht gemacht,
Daß man so hinhockt Tag und Nacht
  Und hegt sich
  Und pflegt sich,
Und läßt den Regen draußen sein
Und singt und trinkt und schenkt sich fein
Ein Gläslein nach dem andern ein
Vom allerbesten Wein!
Vom besten Wein, vom besten Wein!
(ad libit.)

Anonym

Guten Appetit

Es regnet, Gott segnet,
Die Sonne scheint,
Der Mond greint,
Der Pfaff sitzt aufm Laden,
Frißt all die Palisaden!
Die Nonne geht ins Wirtshaus
Und trinkt die Gläser all, all aus.

Hermann Lenz
1913–1998

Regen

Nun der Regen strömt und rinnt,
Rauch ich meine Pfeife.
Keiner ist mir wohlgesinnt,
Was ich gut begreife.

Frierend wart ich, doch es kommt
Nichts, und nichts wird besser.
Rußlands Nordwind, der mir frommt,
Schneidet mit dem Messer.

Darum mach ich einen Biß
In das Brot, das kalte.
Meine Pfeife mit dem Riß
Knistert: Bleib der Alte.

Johann Wolfgang von Goethe
1749–1832

Regen und Regenbogen

Auf schweres Gewitter und Regenguß
Blickt' ein Philister zum Beschluß
Ins weiterziehende Grause nach,
Und so zu seinesgleichen sprach:
Der Donner hat uns sehr erschreckt,
Der Blitz die Scheunen angesteckt,
Und das war unsrer Sünden Teil!
Dagegen hat, zu frischem Heil,
Der Regen fruchtbar uns erquickt
Und für den nächsten Herbst beglückt.
Was kommt nun aber der Regenbogen
An grauer Wand herangezogen?
Der mag wohl zu entbehren sein,
Der bunte Trug! der leere Schein!
Frau Iris aber dagegen sprach:
Erkühnst du dich zu meiner Schmach?
Doch bin ich hier ins All gestellt
Als Zeugnis einer bessern Welt,
Für Augen, die vom Erdenlauf
Getrost sich wenden zum Himmel auf
Und in der Dünste trübem Netz
Erkennen Gott und sein Gesetz.

Drum wühle du, ein andres Schwein,
Nur immer den Rüssel in den Boden hinein
Und gönne dem verklärten Blick
An meiner Herrlichkeit sein Glück.

Günter Grass
*1927

Als wir über den grossen Regenbogen

Als wir über den großen Regenbogen
nach Hause wollten,
waren wir sehr müde.
Wir hielten uns an seinem Geländer
und fürchteten,
daß er verblassen könnte.
Als ich über den großen Regenbogen
nach Hause wollte,
war ich sehr müde.
Ich hielt mich an dir und an seinem Geländer
und fürchtete,
daß ihr beide, du und der Regenbogen,
blaß werden könntet. –

Hermann Hesse
1877–1962

Kleiner Gesang

Regenbogengedicht,
Zauber aus sterbendem Licht,
Glück wie Musik zerronnen,
Schmerz im Madonnengesicht,
Daseins bittere Wonnen . . .

Blüten vom Sturm gefegt,
Kränze auf Gräber gelegt,
Heiterkeit ohne Dauer,
Stern, der ins Dunkel fällt:
Schleier von Schönheit und Trauer
Über dem Abgrund der Welt.

Johann Wolfgang von Goethe
1749–1832

Phänomen

Wenn zu der Regenwand
Phöbus sich gattet,
Gleich steht ein Bogenrand
Farbig beschattet.

Im Nebel gleichen Kreis
Seh' ich gezogen,
Zwar ist der Bogen weiß,
Doch Himmelsbogen.

So sollst du, muntrer Greis,
Dich nicht betrüben:
Sind gleich die Haare weiß,
Doch wirst du lieben.

Clemens Brentano
1778–1842

Im Wetter auf der Heimfahrt

O du lieber Wilder Regen
O du lieber Sturm der Nacht
Da der finsterniß entgegen
Ich mein Licht nach Hauß gebracht

Sturm du warst ein Bild des Lebens
Licht du warst der Liebe Bild
Das im Drang des Wiederstrebens
Leuchtet unter Jesu Schild.

Doch ich bebe, zieht so brausend
Spät der Sturm mir noch durchs Haar
Treibt das welke Laub mir saußend
Nach im Kreis um den Altar.

Meine Lampe flackert, lecket,
Rußt die blanke Leuchte an.
Zuckend hin und her geschrecket
Zieht ihr Schein mir irre Bahn

Gleich ich doch dem armen Schwimmer
Der zum theuren Ziele ringt
Den verführt vom falschen Schimmer
Bald das wilde Meer verschlingt

Alles hab ich sinken lassen
Sinken alle Lust der Welt
Eines treu ans Herz zu fassen
Was mich über Meer erhält.

Eine Gottgefallne Blüthe
Trägt und hebt mein brennend Herz,
Treib o Woge die verglühte
Asche endlich heimathwärts

Aber diese Blüthe kühlet
Ewig mir die heiße Gluth
Nie verzehrt, die in mir wühlet
Mich der Flamme irre Wuth.

O ertränk mich wilder Regen
Schleudre mich du Sturm der Nacht
Einem scharfen Fels entgegen
Daß mein schwerer Traum erwacht.

Wind und Wasser um mich zanken
Auf den Bahnen wankt das Licht,
Schwarze Wolken der Gedanken
Stürzen vor das Weltgericht

Soll ich fliehen soll ich bleiben
O unnennbar liebes Gut!
Wolle mich zum Ziele treiben
Wo die ganze Hofnung ruht

Alles, was im Sturm zu schiffen
Einst mein banger Arm umfaßt
Treibt um mich, der selbst ergriffen
Schwebt ohn Steuer und ohn Mast.

Eines ist mir nur geblieben
Eines, das ich nie verlohr
Ein unsterblich treues Lieben
Reißt mich überm Meer empor

Heil dir, die des Sturmes Zügel
Mir mit Kinder händen lenkt
Und die reinen Himmelsflügel
Seelig durch die Nacht hinschwenkt.

Immergrüne Dornen krone
Die die Rosen seelwärts flicht
Daß der Leib aufschreit, o schone,
Und der Geist in Wonne bricht

Ja ich trag dich dicht am Herzen
Du zerreißest mir die Brust
Doch die Nesselglut der Schmerzen
Deckt mir eine heilge Lust

Selig, gehst du treu zur Seiten,
Schweb ich durch die Wetternacht
Ist es doch ein süßes Leiden
Wenn die fromme Lippe lacht

O unnennbar lebend Sterben
Himmelsbrod in Erdennoth,
Lachen in uns selbst die Erben,
Macht der Tod die Wangen roth!

Tagesanbruch im Augenbrechen
Auch den Durst machst du zum Trank
Dornen blühn, wenn Rosen stechen
Erdenheil ist Himmelskrank!

Wer bist du? Mit müden Händen
fasset dich ein lezter Traum
Als die Nacht sich wollte wenden
Tratst du Hell ihr auf den Saum

Jakobsstraße, Jakobsleiter.
Engel steig allein nicht auf,
Öffne doch die Thüre weiter,
Treibe meinen müden Lauf

O du Kind, Geliebte, Schwester
Schatten, Leben, Leid und Lust,
Alle Vögel haben Nester
Und mein Herz hat eine Brust.

An der Thüre angekommen
Sprachst du mir ein freundlich Wort
Hättst mich gerne aufgenommen
Doch mein Richter trieb mich fort.

Wenn ich einstens kann verdienen
Unter deinem Dach zu ruhn
Ist der Morgen schon erschienen
Andres hab ich noch zu thun

Muß noch einsam ringend steuern
Durch die wilde Wetternacht
Biß zu allen Fegefeuern
Mir dein Flügel Kühlung facht

O zu seelig, daß ich Armer
Stehe in so edler Pein
Daß ich ewig den Erbarmer
Seh in des Gerichtes Schein

Und so bin durch Wind und Wogen
Ich wie ein betrübtes Kind
Durch die Blumen hingezogen
Daß ich dir ein Sträuslein bind.

Und der Straus den ich gepflücket
Ist dies Sturm verwirrte Lied
Würd er an dein Herz gedrücket
Dann wär er dem Herrn erblüht.

Günter Eich
1907–1972

Regenwurm – Pfingsten

Mit uns im Zeltgrund wohnt
der rötlich-bleiche Regenwurm.
Ihn zerret nicht wie uns der Sturm,
die Sonne gütig ihn verschont.

Aber heute, da der Regen klopft,
hält es ihn nicht mehr in seinen Gängen.
Seinem großen Geist will er entgegendrängen,
der mächtig in die Erde tropft.

Staunend sehen wir die vielen Beter,
wie sie witternd sich ins Feuchte recken,
Ring um Ring zusammenziehn und strecken,
steigernd ihrer Andacht Zentimeter.

So erlebt der Troglodyt das Wunder Pfingsten.
Während er das Zeltdach fester knöpft
und das Wasser aus den Stiefeln schöpft,
ist er einig mit den Wesen, den geringsten.

Gotthold Ephraim Lessing
1729–1781

Das Regenwetter

Der Regen hält noch immer an,
So klagt der arme Bauersmann:
Doch eher stimm ich nicht mit ein,
Es regne denn in meinen Wein.

Adelbert von Chamisso
1781–1838

Die Korbflechterin

Der Regen fällt, die Sonne scheint,
Die Windfahn dreht sich nach dem Wind, –
Du findst uns Mädchen hier vereint,
Und singest uns ein Lied geschwind.

Die Windfahn dreht sich nach dem Wind,
Die Sonne färbt die Wolken rot, –
Ich sing euch wohl ein Lied geschwind,
Ein Lied von übergroßer Not.

Die Sonne färbt die Wolken rot,
Ein Vogel singt und lockt die Braut, –
Was hats für übergroße Not
Bei Mädchen fein, bei Mädchen traut?

Ein Vogel singt und lockt die Braut,
Dem Fische wird das Netz gestellt, –
Ein Mädchen fein, ein Mädchen traut,
Ein rasches Mädchen mir gefällt.

Dem Fische wird das Netz gestellt,
Es sengt die Fliege sich am Licht,
Ein rasches Mädchen dir gefällt,
Und du gefällst dem Mädchen nicht.

Johann Martin Miller
1750–1814

Lied der Bauren beim Regen

Da sehn wir's wieder hell und klar,
Daß Gott uns nie vergißt
Und jede Zeit und Stund im Jahr
Der beste Vater ist.
Da gießt nach langem Sonnenbrand
Sein Regen sich aufs dürre Land.

Du lieber Gott, wie traurig sah's
Bei uns auf Wies und Feld!
Verdorrt war Korn und Laub und Gras
Und von der Hitz entstellt;
Matt schlich das Vieh zur Weid hinaus
Und kehrte hungriger nach Haus.

Die welken Ähren neigten sich,
Und gelblich ward ihr Grün;
Der zarte Flachs schwand sichtbarlich
Vor unsern Augen hin;
Die Trespe nur und Distel stand
Und wuchert' im erhitzten Land.

Da stunden wir, vom Schweiß benäßt,
Der von der Stirn uns rann,
Das Herz von Sorgen eingepreßt,
Und sahn den Jammer an
Und seufzten: Ach, du lieber Gott,
Wer gibt uns auf den Winter Brot?

Da schmolz – hab ewig Dank dafür! –
Dein milder Vatersinn;
Da sahn am fernen Himmel wir
Gewölk, wie Schäfchen, ziehn,
Und immer kam's in raschrem Lauf
Und schwärzlicher zu uns herauf.

Da sank, in Dunkel eingehüllt,
Die Sonn am Wald hinab,
Und Regen rauschte kühl und mild
Aufs dürre Feld herab;
Nun freuet alles dankbarlich
Des neugeschenkten Lebens sich.

Wie frisch erhebt der Halm sein Haupt,
Wie prangt der Flachs so blau!
Wie steht der Baum so neubelaubt
Und glänzendgrün die Au!
Und welch ein übersüßer Duft
Füllt ringsumher die kühle Luft.

Das alles hast du, guter Gott,
In kurzer Zeit getan.
Wo ist sie nun, die Hungersnot,
Der wir entgegensahn?
Drum laß uns immer dir vertraun
Und nie so ängstlich vorwärts schaun!

Anonym

Alemannisches Wiegenlied

Es regelet, es schneielet,
es goht e chüele Wind,
es früren alle Stüdeli
und alle arme Chind.

Karl Wilhelm Ramler
1725–1798

Des Frühlings Ankunft
Zweytes Rondeau

Den Rock von Regen, Wind und Schnee
Hat nun die Jahrszeit ausgezogen;
Ihr ist ein schönerer von Klee
Und Sonnenstralen angeflogen.
Myrtill singt mit der Galathee:
Den Rock von Regen, Wind und Schnee
Hat nun die Jahrszeit ausgezogen!

Das junge Thal, die lichte Höh,
Steht glänzender, als Regenbogen;
Demanten trägt auch selbst der Schleh;
Es funkeln alle Wasserwogen
In prächtig silberner Livree.
Den Rock von Regen, Wind und Schnee
Hat nun die Jahrszeit ausgezogen.

Detlev von Liliencron
1844–1909

April

Wie der Südwind pfeift,
In den Dornbusch greift,
Der vor unserm Fenster sprießt.
Wie der Regen stürzt
Und den Garten würzt
Und den ersten Frühling gießt!

Plötzlich säumt der Wind,
Und der Regen rinnt
Spärlich aus dem Wolkensieb.
Und die Mühle dreht
Langsam sich und steht,
Die noch eben mächtig trieb.

Schießt ein Sonnenblick
Über Feld und Knick,
Wie der Blitz vom Goldhelm huscht
Und auf Baum und Gras
Schnell im Tropfennaß
Tausend Silbertüpfel tuscht.

Wieder dann der Süd,
Immer noch nicht müd,
Zornt die Welt gewaltig an.
Und der Regen rauscht,
Und der Garten lauscht
Demütig dem wilden Mann.

Meiner Schulter dicht
Lehnt dein hold Gesicht,
Schaut ins Wetter still hinein.
Kennst das alte Wort,
Ewig währt es fort:
Regen tauscht und Sonnenschein.

Ludwig Uhland
1787–1862

Lob des Frühlings

Saatengrün, Veilchenduft,
Lerchenwirbel, Amselschlag,
Sonnenregen, linde Luft!

Wenn ich solche Worte singe,
Braucht es dann noch großer Dinge,
Dich zu preisen, Frühlingstag?

Heinrich Hoffmann von Fallersleben
1798–1874

Mairegen

Solltest doch lieber ins Häuschen gehn,
  Häuschen gehn!
Wirst ja am Ende ganz naß.
Wozu doch willst du im Regen stehn,
  Regen stehn?
Sag', wozu nützet dir das?

»Mairegen macht, daß man größer wird,
  Größer wird:
Größer doch möcht' ich gern sein.
Wär' ich, o Mütterchen, groß genug,
  Groß genug,
Ging' ich gewiß nicht hinein!«

Rainer Maria Rilke
1875–1926

Vor dem Sommerregen

Auf einmal ist aus allem Grün im Park
man weiß nicht was, ein Etwas, fortgenommen;
man fühlt ihn näher an die Fenster kommen
und schweigsam sein. Inständig nur und stark

ertönt aus dem Gehölz der Regenpfeifer,
man denkt an einen Hieronymus:
so sehr steigt irgend Einsamkeit und Eifer
aus dieser einen Stimme, die der Guß

erhören wird. Des Saales Wände sind
mit ihren Bildern von uns fortgetreten,
als dürften sie nicht hören was wir sagen.

Es spiegeln die verblichenen Tapeten
das ungewisse Licht von Nachmittagen,
in denen man sich fürchtete als Kind.

Otto Ludwig
1813–1865

Langer Sommerregen

Aus allen Himmelsfenstern fließet
Sein Wasser schon so lang und sehr.
Das gießt und gießt und gießt und gießet
Und kann kein Ende finden mehr.
Wo heitre Tage wir begehrten,
Ist das fürwahr ein schlimmer Kauf.
Und hört nicht bald der Regen auf,
Will ich nur sehn, was draus soll werden.

Die Rose hängt das Köpfchen nieder,
Der Rittersporn schaut grimmig drein,
Verdrossen hüllt Jasmin und Flieder
Sich schweigend in sich selber ein.
Die Eiche dräut mit Zorngebärden,
Schilt rauschend in das Grau hinauf;
Und hört nicht bald der Regen auf,
Will ich nur sehn, was draus soll werden.

Die Nachtigall ist ganz verdrossen,
Das rote Kehlchen sitzt verdutzt,
Die Ammer macht satir'sche Glossen,
Das Grasemückchen schweigt und trutzt.
Kein dankend Lied steigt von der Erden

Mehr zu dem Himmel froh hinauf,
Und hört nicht bald der Regen auf,
Will ich nur sehn, was draus soll werden.

Ich kann kein Lächeln mehr gewinnen
Von meines Liebchens Augen hell;
Je reicher jene Ströme rinnen,
Je dürft'ger meiner Lieder Quell.
Die Reime trotzig sich gebärden,
Die Füße bring' ich nicht zum Lauf,
Und hört nicht bald der Regen auf,
Will ich nur sehn, was draus soll werden.

Gottfried Keller
1819–1890

Regen-Sommer

Nasser Staub auf allen Wegen!
Dorn und Distel hängt voll Regen
Und der Bach schreit wie ein Kind!
Nirgends blüht ein Regenbogen,
Ach, die Sonn' ist weggezogen
Und der Himmel taub und blind!

Traurig ruh'n des Waldes Lieder,
Alle Saat liegt siech darnieder,
Frierend schläft der Wachtel Brut.
Jahreshoffnung, fahler Schimmer!
Mit den Menschen steht's noch schlimmer,
Kalt und träge schleicht ihr Blut!

Krankes Weib am Findelsteine
Mit dem Säugling, weine! weine
Trostlos oder hoffnungsvoll:
Nicht im Feld und auf den Bäumen –
In den Herzen muß es keimen,
Wenn es besser werden soll!

Fleh' zu Gott, der ja die Saaten
Und das Menschenherz beraten,
Bete heiß und immerdar,
Daß er, unsre Not zu wenden,
Wolle Licht und Wärme senden
Und ein gutes Menschenjahr!

Friederike Mayröcker
*1924

Landregen, Juli

distelig meine lederne
Dünung ein Mergel, ich
schlafe mit dem Vater dem Sohn dem
heiligen Geist, der Zeiten Wahn er-
drosselt mich dieser Zeisig, ich
befinde mich nicht mehr
in meinem Körper, auch nicht
im Kopf, entsprungen bin ich
aber weiß nicht wohin, ich
weiß nur, dieses Leben
kommt mir nicht wieder, nicht ich
mein Herz weidet
bei traurigen Fluren

Leopold Friedrich Günther Goeckingk
1748–1828

Herbstlied

Hu hu! wie kömmt der Wind so kalt
Schon über die Stoppel gelaufen!
Wie färbet sich so gelb der Wald,
Und wie versammlen sich so bald
Die Schwalben zum Abzug in Haufen!

Die Wiese dampft, der Brocken braut
Und schüttelt, Schauer auf Schauer,
Den Regen ab; durch Nebel schaut
Die Sonn herab, wie eine Braut
Gehüllet in düstere Trauer.

Ein Heer von Drosseln kömmt vom Rhein,
Im Schimmer des Morgens, gezogen;
Doch manche wird bei Hespers Schein
Bereits des Amtmanns Speise sein,
Durch rötliche Beeren betrogen.

Der Kantor sondert nun das Wachs
Vom goldgelben Honig der Scheiben;
Die Dirne sonnt den grauen Flachs.
Der Jäger gräbt, um Fuchs und Dachs
Hervor aus dem Baue zu treiben.

Wir suchen das Kamin nunmehr,
Ohn ewig aufs Wetter zu schmälen.
Ist unser eigner Kopf zu leer,
So soll Herr Mars von Land und Meer
Uns etwas Neues erzählen.

Süß mag es sein, fürs Vaterland
Als Held zu sterben mit Freuden;
Doch haben wir so viel Verstand,
Um Fürstengeiz und Vaterland
Ein wenig zu unterscheiden.

Laßt uns, bei dieser Schale Punsch,
Dem Himmel danken, ihr Lieben!
Daß wir, nach unsrer Jugend Wunsch,
Nicht da sind, wo die Schalen Punsch
Von Kugeln in Scherben zerstieben.

Von unsern Taten am Kamin
Schweigt zwar der Fama Posaune,
Doch unser Schlaf wird nicht entfliehn
Vor einem Rochembeau und Greene
Und Boreas' tückischer Laune.

Herr Boreas stört nicht den Klang
Von unsern warmen Pokalen
Und nicht den lautern Lobgesang,
Den wir dem Herbst, aus altem Hang
Zu reichen Weinlesen, bezahlen.

Willrath Dreesen
1878–1950

Vor dem Winter

Regengrauer Abend kam geschwommen.
Allen Stirnen ward der Glanz genommen,
Weil die wetterdunklen Hände ruhn.
Und ein Rauschen sagt: »Ich will nicht weichen,
Bis die braunen Wirker völlig bleichen
Und vergessen alles laute Tun.« –

Bald schon wird die Welt in Nebeln schwinden,
Nichts an lieben bunten Tand mehr binden,
Schweigen wohnt im Garten und im Haus.
Und indes wir ganz hinein uns senken,
Schaut der Herbst, nach all dem reichen Schenken
Müd und traurig, nach dem Winter aus.

Erich Fried
1921–1988

Strauch mit herzförmigen Blättern
(Tanka nach altjapanischer Art)

Sommerregen warm:
Wenn ein schwerer Tropfen fällt
bebt das ganze Blatt.
So bebt jedes Mal mein Herz
wenn dein Name auf es fällt

Anonym

Die beregnete Doris

Der regen wässerte die arme Doris ein,
  Als sie spatzieren gieng, und nicht ans wetter dachte.
  Ihr leute, lachet doch! Sie will ein engel seyn,
Und wuste dennoch nicht, was man im himmel machte.

Stefan George
1868–1933

Streng ist uns das glück und spröde

Streng ist uns das glück und spröde ·
Was vermocht ein kurzer kuss?
Eines regentropfens guss
Auf gesengter bleicher öde
Die ihn ungenossen schlingt ·
Neue labung missen muss
Und vor neuen gluten springt.

Eduard Mörike
1804–1875

Erinnerung
An K. N.

Jenes war zum letzten Male,
Daß ich mit dir ging, o Klärchen!
Ja, das war das letztemal,
Daß wir uns wie Kinder freuten.

Als wir eines Tages eilig
Durch die breiten, sonnenhellen,
Regnerischen Straßen, unter
Einem Schirm geborgen, liefen;
Beide heimlich eingeschlossen
Wie in einem Feeenstübchen,
Endlich einmal Arm in Arme!

Wenig wagten wir zu reden,
Denn das Herz schlug zu gewaltig;
Beide merkten wir es schweigend,
Und ein jedes schob im stillen
Des Gesichtes glüh'nde Röte
Auf den Widerschein des Schirmes.
Ach, ein Engel warst du da!
Wie du auf den Boden immer
Blicktest und die blonden Locken
Um den hellen Nacken fielen!

»Jetzt ist wohl ein Regenbogen
Hinter uns am Himmel«, sagt' ich,
»Und die Wachtel dort im Fenster,
Deucht mir, schlägt noch eins so froh!«

Und im Weitergehen dacht' ich
Unsrer ersten Jugendspiele,
Dachte an dein heimatliches
Dorf und seine tausend Freuden.
– »Weißt du auch noch«, frug ich dich,
»Nachbar Büttnermeisters Höfchen,
Wo die großen Kufen lagen,
Drin wir Sonntags nach Mittag uns
Immer häuslich niederließen,
Plauderten, Geschichten lasen,
Während drüben in der Kirche
Kinderlehre war – (ich höre
Heute noch den Ton der Orgel
Durch die Stille ringsumher):
Sage, lesen wir nicht einmal
Wieder wie zu jenen Zeiten
– Just nicht in der Kufe, mein' ich –
Den beliebten ›Robinson‹?«

Und du lächeltest und bogest
Mit mir um die letzte Ecke.
Und ich bat dich um ein Röschen,
Das du an der Brust getragen,
Und mit scheuen Augen schnelle
Reichtest du mir's hin im Gehen:

Zitternd hob ich's an die Lippen,
Küßt' es brünstig zwei- und dreimal;
Niemand konnte dessen spotten,
Keine Seele hat's gesehen,
Und du selber sahst es nicht.

An dem fremden Haus, wohin
Ich dich zu begleiten hatte,
Standen wir nun, weißt, ich drückte
Dir die Hand und –

Dieses war zum letzten Male,
Daß ich mit dir ging, o Klärchen!
Ja, das war das letztemal,
Daß wir uns wie Kinder freuten.

Paul Celan
1920–1970

Auf überregneter Fährte

Auf überregneter Fährte
die kleine Gauklerpredigt der Stille.

Es ist, als könntest du hören,
als liebt ich dich noch.

Adelbert von Chamisso
1781–1838

Im Herabsteigen des Brockens

Wohl bei Regenschauern
Wohl bei Sonnenschein,
Bin ich mit dem Herzen
Bei der Liebsten mein.

Bin nicht auf dem Blocksberg
Nicht beim Hexentanz,
Bin im warmen Neste
Bei der Liebsten ganz.

Laß Gespenster hausen
In dem Nebelmeer,
Laß die Stürme brausen
Um die Warte her.

Laß den Spuk nur wandern,
Liebste, Brust an Brust,
Einer ist des andern
Einzig nur bewußt.

Karl Krolow
1915–1999

Regen

Das ist wie Regen draußen.
Du kannst bei Nacht
an ihrer Seite sein
und dir etwas einfallen lassen.
Eine sanfte Maschine – Regen.
Du kannst die Autos wie Schiffe hören
draußen im seltsamen Leben
und dein Taschenmesser vorm Fenster
rosten lassen, weil du es
doch nicht benutzen wirst,
mit dem Totenschein schon
in der Anzugstasche.

Das ist wie Regen draußen.
Du tust es nicht.
Du kannst bei Nacht
an ihrer Seite sein.
Dein Körper ist schon weiter.
Zwei können einschlafen.
Du wirst nicht zustoßen.
Eine sanfte Maschine – Regen.
Man trennt sich, ehe ein Unfall
wirklich angenehm gewesen wäre.

Walter Helmut Fritz
*1929

Liebesgedichte

VI

Regendämmerung, den Bordstein entlangkommend
in kleinen Mengen.

Vergänglichkeit, rascher als die Rücklichter der Autos,
die du entschwinden siehst.

Ich will dich nicht verlieren. Der Abend,
diese Dünung, langsam wandernd.

Annette von Droste-Hülshoff
1797–1848

Die Vogelhütte

Regen, Regen, immer Regen! will nicht
das Geplätscher enden,
Daß ich aus dem Sarge brechen kann,
aus diesen Bretterwänden?

Sieben Schuhe ins Gevierte, das ist doch ein
ärmlich Räumchen
Für ein Menschenkind, und wär' es schlank auch
wie ein Rosenbäumchen!

O was ließ ich mich gelüsten, in den Vogelheerd
zu flüchten,
Als nur schwach die Wolke tropfte, als noch
flüsterten die Fichten:

Und muß nun bestehn das Ganze, wie wenn zögernd
man dem Schwätzer
Raum gegeben, dem langweilig Seile
drehenden Phrasensetzer;

Und am Knopfe nun gehalten, oder schlimmer
an den Händen,
Zappelnd wie der Halbgehängte langet nach
des Strickes Enden!

Meine Unglücksstrick' sind dieser Wasserstriemen
Läng' und Breite,
Die verkörperten Hyperbeln, denn Bindfäden
regnet's heute.

Denk ich an die heitre Stube, an das weiche Kanapée,
Und wie mein Gedicht, das meine, dort zerlesen
wird beim Thee:

Denk ich an die schwere Zunge, die statt meiner
es zerdrischt,
Bohrend wie ein Schwertfisch möcht ich schießen
in den Wassergischt.

Pah! was kümmern mich die Tropfen, ob ich
naß ob säuberlich!
Aber besser stramm und trocken, als durchnäßt
und lächerlich.

Da – ein Fleck, ein Loch am Himmel; bist du
endlich doch gebrochen,
Alte Wassertonne, hab ich endlich dich
entzwei gesprochen?

Aber wehe! wie's vom Fasse brodelt, wenn
gesprengt der Zapfen,

Hör ich's auf dem Dache rasseln, förmlich wie
mit Füßen stapfen.

Regen! unbarmherz'ger Regen! mögst du braten
oder sieden!
Wehe, diese alte Kufe ist das Faß der Danaiden!

Ich habe mich gesetzt in Gottes Namen;
Es hilft doch alles nicht, und mein Gedicht
Ist längst gelesen und im Schloß die Damen,
Sie saßen lange zu Gericht.

Statt einen neuen Lorbeerkranz zu drücken
In meine Phöboslocken, hat man sacht
Den alten losgezupft und hinter'm Rücken
Wohl Eselsohren mir gemacht.

Verkannte Seele, fasse dich im Leiden,
Sey stark, sey nobel, denk, der Ruhm ist leer,
Das Leben kurz, es wechseln Schmerz und Freuden,
Und was dergleichen Neugedachtes mehr!

Ich schau mich um in meiner kleinen Zelle:
Für einen Klausner wär's ein hübscher Ort;
Die Bank, der Tisch, das hölzerne Gestelle,
Und an der Wand die Tasche dort;

Ein Netz im Winkelchen, ein Rechen, Spaten –
Und Betten? nun, das macht sich einfach hier;
Der Thimian ist heuer gut gerathen,
Und blüht mir grade vor der Thür.

Die Waldung drüben – und das Quellgewässer –
Hier möcht ich Haidebilder schreiben, zum Exempel:
»Die Vogelhütte«, nein – »der Heerd«, nein besser:
»Der Knieende in Gottes weitem Tempel.«

'S ist doch romantisch, wenn ein zart Geriesel
Durch Immortellen und Wachholderstrauch
Umzieht und gleitet, wie ein schlüpfend Wiesel,
Und drüber flirrt der Stöberrauch;

Wenn Schimmer wechseln, weiß und seladonen;
Die weite Eb'ne schaukelt wie ein Schiff,
Hindurch der Kibitz schrillt, wie Halcyonen
Wehklagend ziehen um das Riff.

Am Horizont die kolossalen Brücken –
Sind's Wolken oder ist's ein ferner Wald?
Ich will den Schemel an die Luke rücken,
Da liegt mein Hut, mein Hammer, – halt:

Ein Teller am Gestell! – was mag er bieten?
Fundus! bei Gott, ein Fund das Backwerk drin!
Für einen armen Hund von Eremiten,
Wie ich es leider heute bin!

Ein seid'ner Beutel noch – am Bort zerrissen;
Ich greife, greife Rundes mit der Hand;
Weh! in die dürre Erbs' hab ich gebissen –
Ich dacht', es seye Zuckerkand.

Und nun die Tasche! he, wir müssen klopfen –
Vielleicht liegt ein Gefang'ner hier in Haft;
Da – eine Flasche! schnell herab den Pfropfen –
Ist's Wasser? Wasser? - edler Rebensaft!

Und Edlerer, der ihn dem Sack vertraute,
Splendid barmherziger Wildhüter du,
Für einen armen Schelm, der Erbsen kaute,
Den frommen Bruder Tuck im Ivanhoe!

Mit dem Gekörn will ich den Kibitz letzen,
Es aus der Luke streun, wenn er im Flug
Herschwirrt, mir auf die Schulter sich zu setzen,
Wie man es lies't in manchem Buch.

Mir ist ganz wohl in meiner armen Zelle;
Wie mir das Klausnerleben so gefällt!
Ich bleibe hier, ich geh nicht von der Stelle,
Bevor der letzte Tropfen fällt.

Es verrieselt, es verraucht,
Mählig aus der Wolke taucht
Neu hervor der Sonnenadel.
In den feinen Dunst die Fichte
Ihre grünen Dornen streckt,
Wie ein schönes Weib die Nadel
In den Spitzenschleier steckt;
Und die Haide steht im Lichte
Zahllos blanker Tropfen, die
Am Wachholder zittern, wie
Glasgehänge an dem Lüster.
Ueberm Grund geht ein Geflüster,
Jedes Kräutchen reckt sich auf,
Und in langgestrecktem Lauf,

Durch den Sand des Pfades eilend,
Blitzt das gold'ne Panzerhemd
Des Kurier's; am Halme weilend
Streicht die Grille sich das Naß
Von der Flügel grünem Glas.
Grashalm glänzt wie eine Klinge,
Und die kleinen Schmetterlinge,
Blau, orange, gelb und weiß,
Jagen tummelnd sich im Kreis.
Alles Schimmer, alles Licht,
Bergwald mag und Welle nicht
Solche Farbentöne hegen,
Wie die Haide nach dem Regen.

Ein Schall – und wieder – wieder – was ist das? –
Bei Gott, das Schloß! Da schlägt es Acht im Thurme –
Weh mein Gedicht! o weh mir armem Wurme,
Nun fällt mir alles ein, was ich vergaß!
Mein Hut, mein Hammer, hurtig fortgetrabt –
Vielleicht, vielleicht ist man discret gewesen,
Und harrte meiner, der sein Federlesen
Indeß mit Kraut und Würmern hat gehabt. –
Nun kommt der Steeg und nun des Teiches Ried,
Nun steigen der Alleen schlanke Streifen;
Ich weiß es nicht, ich kann es nicht begreifen,
Wie ich so gänzlich mich vom Leben schied –
Doch freilich – damals war ich Eremit!

Georg Britting
1891 – 1964

Fröhlicher Regen

Wie der Regen tropft, Regen tropft,
An die Scheiben klopft!
Jeder Strauch ist naß bezopft.

Wie der Regen springt!
In den Blättern singt
Eine Silberuhr.
Durch das Gras hinläuft,
Wie eine Schneckenspur,
Ein Streifen weiß beträuft.

Das stürmische Wasser schießt
In die Regentonne,
Daß die überfließt,
Und in breitem Schwall
Auf den Weg bekiest
Stürzt Fall um Fall.

Und der Regenriese,
Der Blauhimmelhasser,
Silbertropfenprasser,
Niesend faßt er in der Bäume Mähnen,
Lustvoll schnaubend in dem herrlich vielen Wasser.

Und er lacht mit fröhlich weißen Zähnen
Und mit kugelrunden, nassen Freudentränen.

Wolfdietrich Schnurre
1920–1989

Kulisse

Regen –
Regen rauscht auf den Rummel.
Das Glücksrad verliert seine Farbe,
der Würfelbecher wird klebrig;
in der Schießbude schlafen die Schüsse.
Wills keiner mehr wagen?
Will keiner mehr würfeln?
Will keiner mehr drehn?
Regen –
Regen rauscht auf den Rummel.

Joseph von Eichendorff
1788–1857

Der wandernde Student

Bei dem angenehmsten Wetter
Singen alle Vögelein,
Klatscht der Regen auf die Blätter,
Sing ich so für mich allein.

Denn mein Aug kann nichts entdecken,
Wenn der Blitz auch grausam glüht,
Was im Wandern könnt erschrecken
Ein zufriedenes Gemüt.

Frei von Mammon will ich schreiten
Auf dem Feld der Wissenschaft,
Sinne ernst und nehm zuzeiten
Einen Mund voll Rebensaft.

Bin ich müde vom Studieren,
Wann der Mond tritt sanft herfür,
Pfleg ich dann zu musizieren
Vor der Allerschönsten Tür.

Friedrich Bischoff
1896–1976

Das Regenlied

Wenn des Sommers Regenwebe
Rieselnd überm Garten hing,
So als sei er drin gefangen
Wie ein bunter Schmetterling –
Sagt, wie hat es angefangen,
Wenn die Tropfen klingend sprangen,
Und das Rauschen ging im Kreis,
Daß wir sangen, nichts als sangen,
Von der Laube grün umfangen,
In den Regen lind und leis?

Waren Lieder, viele Lieder,
Keines, das ein Ende hat.
Wie die Tropfen huschend sprangen,
Schwangen sie von Blatt zu Blatt.
Sagt, wie hat es angefangen,
Daß die Tage so vergangen?
Regen sing doch, kling doch her!
Daß ich in dein Netz verfangen
Höre, wie wir damals sangen
Und dann nimmermehr.

Klaus Groth
1819–1899

Regenlied

Walle, Regen, walle nieder,
Wecke mir die Träume wieder,
Die ich in der Kindheit träumte,
Wenn das Naß im Sande schäumte;

Wenn die matte Sommerschwüle
Läßig stritt mit frischer Kühle,
Und die blanken Blätter tauten
Und die Saaten dunkler blauten.

Welche Wonne, in dem Fließen
Dann zu stehn mit nackten Füßen!
An dem Grase hinzustreifen
Und den Schaum mit Händen greifen.

Oder mit den heißen Wangen
Kalte Tropfen aufzufangen,
Und den neu erwachten Düften
Seine Kinderbrust zu lüften!

Wie die Kelche, die da troffen,
Stand die Seele atmend offen,
Wie die Blumen, düftetrunken
In den Himmelstau versunken.

Schauernd kühlte jeder Tropfen
Tief bis an des Herzens Klopfen,
Und der Schöpfung heilig Weben
Drang bis ins verborgne Leben.

Walle, Regen, walle nieder,
Wecke meine alten Lieder,
Die wir in der Thüre sangen,
Wenn die Tropfen draußen klangen!

Möchte ihnen wieder lauschen,
Ihrem süßen, feuchten Rauschen,
Meine Seele sanft betauen
Mit dem frommen Kindergrauen.

Günter Eich
1907–1972

Botschaften des Regens

Nachrichten, die für mich bestimmt sind,
weitergetrommelt von Regen zu Regen,
von Schiefer- zu Ziegeldach,
eingeschleppt wie eine Krankheit,
Schmuggelgut, dem überbracht,
der es nicht haben will –

Jenseits der Wand schallt das Fensterblech,
rasselnde Buchstaben, die sich zusammenfügen,
und der Regen redet
in der Sprache, von welcher ich glaubte,
niemand kenne sie außer mir –

Bestürzt vernehm ich
die Botschaften der Verzweiflung,
die Botschaften der Armut
und die Botschaften des Vorwurfs.
Es kränkt mich, daß sie an mich gerichtet sind,
denn ich fühle mich ohne Schuld.

Ich spreche es laut aus,
daß ich den Regen nicht fürchte und seine Anklagen
und den nicht, der sie mir zuschickte,
daß ich zu guter Stunde
hinausgehen und ihm antworten will.

Hugo von Hofmannsthal
1874–1929

Regen in der Dämmerung

Der wandernde Wind auf den Wegen
War angefüllt mit süssem Laut,
Der dämmernde rieselnde Regen
War mit Verlangen feucht bethaut.

Das rinnende rauschende Wasser
Berauschte verwirrend die Stimmen
Der Träume, die blasser und blasser
Im webenden Nebel verschwimmen

Der Wind in den wehenden Weiden
Am Wasser der wandernde Wind
Berauschte die sehnenden Leiden
Die in der Dämmerung sind, . .

Der Weg im dämmernden Wehen
Er führte zu keinem Ziel
Doch war er gut zu gehen
Im Regen der rieselnd fiel . .

Gottfried Keller
1819–1890

Abendregen

Langsam und schimmernd fiel ein Regen,
In den die Abendsonne schien;
Der Wandrer schritt auf schmalen Wegen
Mit düstrer Seele drunter hin.

Er sah die großen Tropfen blinken
Im Fallen durch den goldnen Strahl;
Er fühlt es kühl auf's Haupt ihm sinken
Und sprach mit schauernd süßer Qual:

Nun weiß ich, daß ein Regenbogen
Sich hoch um meine Stirne zieht,
Den auf dem Pfad, so ich gezogen,
Die heitre Ferne spielen sieht.

Und die mir hier am nächsten stehen,
Und wer mich wohl zu kennen meint,
Sie können selber doch nicht sehen,
Wie er versöhnend ob mir scheint.

So wird, wenn andre Tage kamen,
Die sonnig auf dies Heute sehn,
Um meinen fernen blassen Namen
Des Friedens heller Bogen stehn.

Max Herrmann-Neiße
1886–1941

Regenabend

Ob draußen Lenz, Herbst, Sommer, Winter spinnt,
wenn dieser rührend stete Regen rinnt,
werd' ich in warmer Stube wieder Kind,
liebe die Lampe und das Bücherspind.

Bin wieder Freund mit Büchern wie vor Jahren,
nehm' diesen, jenen Band in meine Hand
mit einer Zärtlichkeit, die sehr erfahren
und schlicht ist, die ich lang' nicht mehr empfand.

Und finde da und dort den guten Spruch,
der wundersam zu meiner Stimmung paßt,
sage von Herzen nun zu jedem Buch:
wie dank' ich dir, mein sanfter Abendgast!

Sehe zum erstenmal die wahren Züge
der weißen Büste auf dem Bücherschrank:
vergangnen Gram und längst verblühte Lüge,
und doch mein einz'ger Freund heut', drum hab Dank!

Die Katze schläft zutraulich an dem Blatt,
das Hieroglyphen meines Wahns bedecken:
dem einz'gen Wesen ward ich Ruhestatt
und heil'ges Obdach in der Welt der Schrecken!

Ich bin mit allem diesem Glück vereint:
der Lampe, die so märchenselig scheint,
dem Bücherschrank, der mit mir lacht und weint,
der Büste, die zur Zukunft mich versteint.

Der Katze auch und ihrem weisen Ernst,
der noch Hingebung stolz und einsam macht,
wieviel mehr dir, auch wenn du dich entfernst
und in der Fremde ankerst deine Nacht!

Mein letzter Traum dem Wunder noch nachsinnt,
das dich und mich einst zueinander führte.
Wenn dieser seltsam stete Regen rinnt,
mein Herz sich gern mit Liebesmärchen rührte.

So gern wird meine Sehnsucht wieder Kind,
spielt mit der Katze und dem Bücherspind,
das Herz, wie einst bei Abenteuern, klopft
im Takt des Tränenstroms, der tropft und tropft …

Ernst Krauß
1887–?

Nachtregen

Regentropfen klopfen leise,
Klopfen leise an das Fenster,
Hämmern sacht, hämmern sacht
Eine heimliche Gespensterweise
Aus der Nacht, aus der Nacht
An das Fenster.
Regentropfen klopfen leise,
Klopfen leise, hämmern sacht
Durch die Nacht,
Klopfen leise an das Fenster.

Richard Dehmel
1863–1920

Dann

Wenn der Regen durch die Gosse tropft,
bei Nacht, du liegst und horchst hinaus,
kein Mensch kann ins Haus,
du liegst allein,
allein: o käm er doch! Da klopft
es, klopft, laut – hörst du? – leise, schwach
tönt's im Uhrgehäuse nach;
dann tritt Totenstille ein.

Stefan George
1868–1933

Gewitter

Die irren flämmchen allerwege sind erloschen
Ein jäher donner hat die hohe saat gedroschen
Der sturm der nacht zerspaltet das geäst im forste
Er stört der eber lager und der geier horste.

Der strenge könig sprengt aus seinem wolkenschlosse
Er folgt auf goldgeschirrtem pferd mit grossem trosse
Der falschen gattin die sich tummelt in den wettern
Und preisgegeben ist den zügellosen rettern.

Oft glaubt er mit der rauhen faust sie zu versichern
Doch sie entwindet sich mit einem leisen kichern –
Bis er sie festet .. zwischen seines gürtels spangen
Und dem genick des pferdes ist sie quer gefangen.

Bezwungen schluchzend regt sie ihre blanken zähne
Und schüttelt zürnend ihre aufgelöste mähne
Um ihre nackten glieder spült der schiefe regen
Ihr kalter busen sieht gefasst der haft entgegen.

Conrad Ferdinand Meyer
1825–1898

Erntegewitter

Ein jäher Blitz. Der Erntewagen schwankt.
Aus seinen Garben fahren Dirnen auf
Und springen schreiend in die Nacht hinab.
Ein Blitz. Auf einer goldnen Garbe thront
Noch unvertrieben eine frevle Maid,
Der das gelöste Haar den Nacken peitscht.
Sie hebt das volle Glas mit nacktem Arm,
Als brächte sie's der Glut, die sie umflammt,
Und leert's auf einen Zug. Ins Dunkel wirft
Sie's weit und gleitet ihrem Becher nach.
Ein Blitz. Zwei schwarze Rosse bäumen sich.
Die Peitsche knallt. Sie ziehen an. Vorbei.

Georg Trakl
1887–1914

Der Gewitterabend

O die roten Abendstunden!
Flimmernd schwankt am offenen Fenster
Weinlaub wirr ins Blau gewunden,
Drinnen nisten Angstgespenster.

Staub tanzt im Gestank der Gossen.
Klirrend stößt der Wind in Scheiben.
Einen Zug von wilden Rossen
Blitze grelle Wolken treiben.

Laut zerspringt der Weiherspiegel.
Möven schrein am Fensterrahmen.
Feuerreiter sprengt vom Hügel
Und zerschellt im Tann zu Flammen.

Kranke kreischen im Spitale.
Bläulich schwirrt der Nacht Gefieder.
Glitzernd braust mit einem Male
Regen auf die Dächer nieder.

William Shakespeare
1564–1616

Lied des Narren

Und als ich ein winzig Bübchen war,
Hop heisa, bei Regen und Wind!
Da machten zwei nur eben ein Paar;
Denn der Regen, der regnet jeglichen Tag.

Und als ich vertreten die Kinderschuh,
Hop heisa, bei Regen und Wind!
Da schloß man vor Dieben die Häuser zu;
Denn der Regen, der regnet jeglichen Tag.

Und als ich, ach! ein Weib tät frein,
Hop heisa, bei Regen und Wind!
Da wollte mir Müßiggehn nicht gedeihn;
Denn der Regen, der regnet jeglichen Tag.

Und als der Wein mir steckt' im Kopf,
Hop heisa, bei Regen und Wind!
Da war ich ein armer betrunkner Tropf;
Denn der Regen, der regnet jeglichen Tag.

Die Welt steht schon eine hübsche Weil';
Hop heisa, bei Regen und Wind!
Doch das Stück ist nun aus, und
ich wünsch' Euch viel Heil;
Und daß es Euch künftig so gefallen mag.

Nachwort

Mit dem Regen zu Streich zu kommen, ist auch heute noch nicht einfach; er gehört unzweifelhaft zu den ältesten Erfahrungen des Menschen – nicht immer zu den erfreulichen, wenn auch manchmal zu den notwendigen, jedenfalls sicherlich zu den unvermeidlichen. Eine Anthologie – sollte man sie eine Blütenlese nennen? – mit Gedichten über, mit Gedichten vor und nach dem Regen, wird ihre Leser kaum vor solchen Erfahrungen schützen können. Mancher wird im Fall des Falles eher einen Regenschirm vorziehen. Indessen ist nicht der Schutz vor der Erfahrung, sondern auch – modern formuliert – ihre Verarbeitung eine Aufgabe, die bewältigt sein will. Und dabei könnte ein solches Büchlein doch schon wieder dem Regenschirm überlegen sein, der nach dem Gebrauch zusammengeklappt und teilnahmslos in die Ecke verbannt wird.

Täuschen wir uns nicht: Die Wettervorhersage ist dann am sichersten, wenn schon kein Zweifel mehr bestehen kann, Regencape und Regenschirm zeichnen sich durch eine eigene Vergeßlichkeit aus, und unter Umständen ist die Steinzeithöhle in ihrer Regensicherheit noch immer keine schlechte Möglichkeit. Mit der Unberechenbarkeit, jedenfalls im schlimmen Falle mit der unbeherrschbaren Eigenmächtigkeit des Regens, die jeden Deich zu Schanden werden läßt, kommen wir nicht fraglos zu Rande. In anderen Gebieten der Erde hingegen sind ganze Landstriche von der Austrocknung bedroht, mit katastrophalen Folgen für alles Leben. Der Regen ist keineswegs nur ein lästiges Phänomen im gemäßigten Klima – wir sind in elementarer Weise auf ihn angewiesen, aber seinem Übermaß sind wir nur bedingt gewachsen. In den Erzählungen von der Sintflut und im Gebet um Regen zeigen sich wohl einander entgegengesetzte archaische Formen eines ehrfürchtigen, ängstlichen Umgangs mit der Natur, doch sind wir auch heute nicht dagegen gefeit, auf die maßvolle Wiederkehr des Regens zu warten. Ein virtueller Regen würde uns wenig helfen.

Daß im ersten Buch Mose die »Fenster des Himmels« vierzig Tage und Nächte lang Regen auf die Erde niederströmen lassen, bis alle Berge unter Wasser stehen – und vergleichbare Geschichten werden aus anderen Kulturkreisen überliefert – solche Bilder gehören zum kollektiven Gedächtnis. Der Mythos hat sich des Regens intensiv angenommen, wenn nur die gottesfürchtigen alten Leute wie Philemon und Baucis von der großen Flut bewahrt werden oder Zeus in einem Goldregen seine geliebte Danae heimsucht. Theologen und Philosophen vertiefen sich in den Sinn der landläufigen und unscheinbaren Formulierung »es regnet«. Und auch die Künste haben im Regen einen ihrer gar nicht so häufigen Gegenstände, der sowohl dem Bild, dem Ton wie dem Text einen Anreiz bietet: Regen- und Gewitterlandschaften bilden dem Maler ebenso eine Herausforderung wie dem Komponisten, der die Musik des Regens im Lied (wie Brahms nach dem Text von Klaus Groth), im »Regentropfenprelude« (Chopin), in der Symphonie (Beethoven in der

»Pastorale«) oder in der Oper (Rossini in »Der Barbier von Sevilla«) heraufbeschwört. Auch die Lesarten des Gewitters in der Literatur sind breit gestreut – bald wird das Vernichtende und Zerstörerische, bald das Elementare, die Verkündigung eines göttlichen Willens darin erfahren. In der Klage und im Gebet zeichnen sich zwei letztlich religiöse Grundmuster ab, mit denen der Mensch auf den Regen reagiert, die auch im Zeitalter der Säkularisierung nicht ganz ihre Gültigkeit verloren haben, wie das schlichte »Lied um Regen« von Matthias Claudius bezeugt.
Denn gerade die Dichtung entdeckt auf vielfältige Weise die »Botschaften des Regens« (Günter Eich), seine Sprache. Das Unkalkulierbare des Regens, seine überwiegend befeuchtende, befruchtende Kraft, die ihm im Mythos sogar göttliche Würde einbrachte, dann aber auch das trostlose oder gar verheerende Übermaß wird in den Texten nachgebildet und gedeutet. Wenn für den melancholischen Narren bei Shakespeare der Regen jeglichen Tag regnet, so freut sich ein hämischer Barockdichter, wenn Doris, die ein Engel sein will, dennoch naß wird, weil sie nicht weiß, was man im Himmel machte. Der aufgeklärte Didaktiker Gellert belehrt den »Reisenden«, wie sinnvoll der Regen sein kann, andere nutzen den Regen für das gesellige oder vertraute Beisammensein, als Feier des Herbstes mit seinem Wein oder der Liebe. Der Regenbogen wird zum natürlichen Zeichen der Verbindung (Goethe). Der Regen verknüpft sich mit der Erinnerung (bei Mörike und Klaus Groth) an die Kindheit, er entfaltet seine eigene Musik, wenn der romantische Student unterwegs sich nicht vom

Singen abbringen läßt, auch wenn der Regen auf die Blätter klatscht. Schon die Droste hört ihn »auf dem Dache rasseln, förmlich wie mit Füßen stapfen«, Lenau verleiht ihm Stimme. Aber auch eine Kulturgeschichte der Regenwahrnehmung kann man verfolgen, wenn der Landregen für die Bauern etwas ganz anderes bedeutet als für das gelangweilte Bürgertum in den Städten oder für die Großstädter des 20. Jahrhunderts, die wiederum den Regen in der Natur fast als Offenbarung wahrzunehmen vermögen. Der Mairegen verbreitet seine stimulierende und der Sommerregen seine trostlose Stimmung (wobei zwischen »Sommer-Regen« und »Regen-Sommer« feine Unterschiede bestehen): »Kinder benötigen den bekannten Mairegen zum Wachstum, und es ist statistisch nachgewiesen, daß die Kinder wirklich wachsen, auch wenn sie nicht mit Mairegen begossen wurden« (Karl Valentin).

Manche Autoren erweisen sich als wahre Regenmeister, entwickeln aus dem Naturphänomen gleich mehrere Gedichte (darunter Gottfried Keller und Günter Eich) oder lange Geschichten (wie Brentano und Droste-Hülshoff). Zwischen Humor und Verzweiflung oszillieren die Regeneinstellungen, Banales und Esoterisches, innere und äußere Erfahrungen lösen einander ab, der Regen als unaufhörliches oder als besonderes Phänomen, als Landregen und Gewitter; Genrebildchen und Weltgedicht haben an der Lyrik des Regens Anteil. Unterschiedlich fallen nicht nur die Jahreszeiten des Regens aus, sondern auch die Zeiten des Gedichtes, die die eigentümliche Situation vor wie nach und während des Regens erfassen – hier wird die Lyrik zur sinnlichen Wahrnehmung des Ohres, des Auges, der Nase, zuweilen auch des Mundes und der Haut. Der Regen als Rhythmus und als Musik, der Regen als Botschaft, als Allegorie (Wolfgang Borchert) und als Symbol – der Regen im Gedicht wird nicht zum Schirm, aber zum Begleiter, er zeigt als Barometer einen Rest von Natürlichkeit, die auch wir noch erfahren können.

Mathias Mayer

Anonym
Guten Appetit: S. 74. In: Des Knaben Wunderhorn. Alte deutsche Lieder. Gesammelt von L. Achim von Arnim und Clemens Brentano. Vollständige Ausgabe nach dem Text der Erstausgabe von 1806/08. Nachwort Willi A. Koch. München 1965

Anonym
Alemannisches Wiegenlied: S. 92. In: Kindheit im Gedicht. Deutsche Verse aus acht Jahrhunderten. Gesammelt, hg. u. komment. v. Dieter Richter. Frankfurt a.M. 1992

Anonym
Die beregnete Doris: S. 109. In: Benjamin Neukirchs Anthologie: Herrn von Hoffmannswaldau und andrer Deutschen auserlesener und bißher ungedruckter Gedichte Sechster Teil. Nach dem Druck vom Jahre 1709 mit einer kritischen Einleitung und Lesarten. Hg. v. Erika A. Metzger u. Michael M. Metzger. Tübingen 1988

Ausländer, Rose
Regen: S. 27. In: Hügel aus Äther unwiderruflich. Gedichte und Prosa 1966–1975 © 1984 S. Fischer Verlag GmbH, Frankfurt a.M.

Bachmann, Ingeborg
Harlem: S. 45. In: Gesammelte Werke, Band 1. Gedichte. Hg. v. Christine Koschel, Inge v. Weidenbaum u. Clemens Münster © 1978 Piper Verlag GmbH, München.

Bischoff, Friedrich
Das Regenlied: S. 129. In: Das Füllhorn. Berlin 1939 © RA Dr. van der Velden

Borchert, Wolfgang
Regen: S. 19. In: Das Gesamtwerk. Mit einem biographischen Nachwort v. Bernhard Meyer-Marwitz. Hamburg 1993

Brecht, Bertolt
Sintflut: S. 22. In: Werke. Große kommentierte Berliner und Frankfurter Ausgabe. Bd. 13 © 1993 Suhrkamp Verlag, Frankfurt a.M. Der Regen fließt von oben nach unten: S. 26. In: Werke. Große kommentierte Berliner und Frankfurter Ausgabe. Bd. 15 © 1993 Suhrkamp Verlag, Frankfurt a.M.

Brentano, Clemens
Im Wetter auf der Heimfahrt: S. 81. In: Werke. Bd. 1. Hg. v. Wolfgang Frühwald u.a. München 1968

Britting, Georg
Fröhlicher Regen: S. 125. In: Sämtliche Werke. Hg. v. Walter Schmitz. Bd. 2. Gedichte 1930 bis 1940. München 1993 © Ingeborg Schuldt-Britting

Brockes, Barthold Heinrich
Der Regen: S. 57. In: Irdisches Vergnügen in Gott, Erster Theil. Nachdruck der Ausgabe 1737. Bern 1970

Carossa, Hans
Die Nebel: S. 38. In: Sämtliche Werke. Bd. 1 © 1981 Insel Verlag, Frankfurt a.M.

Celan, Paul
Auf überregneter Fährte: S. 114. In: Gesammelte Werke. Bd. 2 © 1983 Suhrkamp Verlag, Frankfurt a.M.

Chamisso, Adelbert von
Die Korbflechterin: S. 88. Im Herabsteigen des Brockens: S. 115. In: Sämtliche Werke in zwei Bänden. Hg. v. Werner Feudel u. Christel Laufer. Bd. I. München 1982

Claudius, Matthias
Ein Lied um Regen: S. 55. In: Sämtliche Werke. Asmus omnia sua secum portans oder Sämtliche Werke des Wandsbecker Boten. München 1969

Dehmel, Richard
Dann: S. 139. In: Gesammelte Werke in drei Bänden. Bd. I. Berlin 1913

Dittberner, Hugo
Ode an den Landregen: S. 43. In: Ruhe hinter Gardinen. Gedichte. Lyrikedition 2000. Buch & media GmbH, München 2000 © beim Autor

Domin, Hilde
Tauben im Regen: S. 39. In: Gesammelte Gedichte © 1987 S. Fischer Verlag GmbH, Frankfurt a.M.

Dreesen, Willrath
Vor dem Winter: S. 107. In: Saat und Ernte. Die deutsche Lyrik um 1925. In Selbstauswahlen der Dichter und Dichterinnen. Hg. v. Albert Sergel. Berlin 1924

Droste-Hülshoff, Annette von
Die Vogelhütte: S. 118. In: Werke. Briefwechsel. Historisch-kritische Ausgabe. Hg. v. Winfried Woesler. Bd. I. Bearb. v. Winfried Theiss. Tübingen 1985

Eich, Günter
Regen im Gebirge: S. 42. Botschaften des Regens: S. 132. Regenwurm – Pfingsten: S. 84. In: Gesammelte Werke. Bd. I © 1991 Suhrkamp Verlag, Frankfurt a.M.

Eichendorff, Joseph von
Der wandernde Student: S. 128. In: Werke. Hg. v. Jost Perfahl. Bd. I. Gedichte. Versepen. Dramen. Autobiographisches. München 1970

Enzensberger, Hans Magnus
Der Fliegende Robert: S. 25. Abendnachrichten: S. 33. In: Die Gedichte © 1983 Suhrkamp Verlag, Frankfurt a.M.

Fontane, Theodor
Der Kranich: S. 37. In: Sämtliche Werke. Hg. v. Walter Keitel. Abt. I. Bd. 20. Balladen und Gedichte. München 1962. Wind und Regen: S. 63. In: Ebd. Bd. 3. Romane. Erzählungen. Gedichte. München 1962

Fried, Erich
Strauch mit herzförmigen Blättern: S. 108. In: Liebesgedichte © 1979 Verlag Klaus Wagenbach, Berlin, siehe auch: Gesammelte Werke © 1993 Verlag Klaus Wagenbach, Berlin

Fritz, Walter Helmut
Liebesgedichte VI: S. 117. In: Gesammelte Gedichte © 1979 Hoffmann und Campe Verlag GmbH, Hamburg

Fuchs, Günter Bruno
Regen: S. 11. In: Werke in drei Bänden. Hg. v. Wilfried Ihrig. Bd. 2. München 1992

Gellert, Christian Fürchtegott
Der Reisende: S. 66. In: Sämmtliche Schriften. 10 Teile. 1. Teil. Leipzig 1769

George, Stefan
Betrübt als führten sie zum totenanger: S. 36. In: Sämtliche Werke in 18 Bänden. Hg. v. der Stefan George-Stiftung, Stuttgart. Bd. 6/7. Der siebente Ring. Bearb. v. Ute Oelmann © 1986 Klett-Cotta, Stuttgart. Streng ist uns das glück und spröde: S. 110. In: Ebd. Bd. 3. Die Bücher der Hirten und Preisgedichte. Der Sagen und Sänge und der Hängenden Gärten. Bearb. v. Ute Oelmann. © 1991 Klett-Cotta, Stuttgart. Gewitter: S. 140. In: Ebd. Bd. 5.

Der Teppich des Lebens und die Lieder von Traum und Tod mit einem Vorspiel. Bearb. v. Ute Oelmann © 1984 Klett-Cotta, Stuttgart

Goeckingk, Leopold Friedrich Günther
Herbstlied: S. 103. In: Das wahre Glück ein Mensch zu sein. Lyrik der Aufklärung und des Sturm und Drang. Hg. v. Jochen Golz. Berlin 1973

Goethe, Johann Wolfgang von
Regen und Regenbogen: S. 75. In: Gedenkausgabe der Werke, Briefe und Gespräche. Hg. v. Ernst Beutler. Bd. 1. Sämtliche Gedichte. Erster Teil: Die Gedichte der Ausgabe letzter Hand. Zürich 1949. Phänomen: S. 79. In: Goethes Werke. Hamburger Ausgabe. Bd. 2. Hg. v. Erich Trunz. München 1981

Goll, Ivan
Der Regenpalast: S. 20. In: Die Lyrik in vier Bänden. Bd. II. Liebesgedichte 1917-1950. Hg. v. Barbara Glauert-Hesse © 1996 Argon Verlag GmbH, Berlin. Alle Rechte bei und vorbehalten durch Wallstein Verlag, Göttingen

Grass, Günter
Als wir über den großen Regenbogen: S. 78. In: Werkausgabe. Bd. 2. Theaterspiele. Hg. v. Volker Neuhaus u. Daniela Hermes © 1997 Steidl Verlag, Göttingen

Grillparzer, Franz
Regen und Unmut: S. 28. In: Sämtliche Werke. Ausgewählte Briefe, Gespräche, Berichte. Bd. I. Gedichte-Epigramme-Dramen I. Hg. v. Peter Franz u. Karl Pörnbacher. München 1960

Groth, Klaus
Regenlied: S. 130. In: Gesammelte Werke. Bd. 4. Plattdeutsche Erzählungen – Hochdeutsche Gedichte. Kiel 1893

Gutberlet, Heinrich
Regen: S. 64. In: Saat und Ernte. Die deutsche Lyrik um 1925. In Selbstauswahlen der Dichter und Dichterinnen. Hg. v. Albert Sergel. Berlin 1924

Heine, Heinrich
Mythologie: S. 16. In: Sämtliche Schriften. Hg. v. Klaus Briegleb. Bd. 6,1. München 1975. Verdroßnen Sinn im kalten Herzen hegend: S. 48. In: Ebd. Bd. 4. München 1971

Herder, Johann Gottfried
Schöne Göttin: S. 15. In: Sämtliche Werke. Bd. 5. Hg. v. Bernhard Suphan. Berlin 1891

Herrmann-Neiße, Max
Regenabend: S. 136. In: Gesamtwerk © Langen Müller in der F.A. Herbig Verlagsbuchhandlung GmbH, München

Hesse, Hermann
Kleiner Gesang: S. 79. In: Die Gedichte. Bd. 10 © 2001 Suhrkamp Verlag, Frankfurt a. M.

Heym, Georg
Berlin V: S. 44. In: Dichtungen und Schriften. Gesamtausgabe. Hg. v. Karl Ludwig Schneider. Bd. 1. Hamburg und München 1964

Hoffmann von Fallersleben, Heinrich
Regen, Regen!: S. 65. Mairegen: S. 96. In: Auswahl in drei Teilen. Hg. v. Augusta Weldler-Steinberg. Erster Teil: Lyrische Gedichte. Berlin 1912

Hofmannsthal, Hugo von
Brief aus Bad Fusch, Juli 1892: S. 49. In: Sämtliche Werke. Kritische Ausgabe. Hg. v. Rudolf Hirsch u. a. Bd. II. Gedichte 2. Hg. v. Andreas Thomasberger u. Eugene Weber. Frankfurt a. M. 1988. Regen in der Dämmerung: S. 134. In: Ebd. Bd. I. Gedichte 1. Hg. v. Eugene Weber. Frankfurt a. M. 1984

Huchel, Peter
Totenregen: S. 34. In: Die Sternenreuse. Gedichte 1925-1947. München 1993 © Monica Huchel

Jandl, Ernst
regen und kretin: S. 69. In: poetische werke. Hg. v. Klaus Siblewski. Bd. 8 (der gelbe hund & selbstporträt des schachspielers als trinkende uhr) © 1997 Luchterhand Literaturverlag GmbH, München

Kaschnitz, Marie Luise
Regen: S. 30. In: Gesammelte Werke. Bd. 5 © 1985 Insel Verlag, Frankfurt a.M.

Keller, Gottfried
Trübes Wetter: S. 46. Regen-Sommer: S. 101. Abendregen: S. 135. In: Sämtliche Werke. Hg. v. Jonas Fränkel. Bd. 1. Gesammelte Gedichte. Bern und Leipzig 1931

Kerner, Justinus
Im Grase: S. 23. In: Kerners Werke. Auswahl in sechs Teilen. Hg. v. Raimund Pissin. Zweiter Teil. Gedichte. Berlin 1914

Kirsch, Sarah
Gasthaus: S. 51. In: Werke in fünf Bänden. Bd. 2 © 1999 Deutsche Verlags-Anstalt GmbH, Stuttgart

Kopisch, August
Das Regenwetter: S. 73. In: Gedichte. Ausgewählt u. eingeleitet v. Franz Brümmer. Leipzig 1887

Krauß, Ernst
Nachtregen: S. 138. In: Die Lerche. Auswahl schwäbischer Dichtung von den Anfängen bis auf die Gegenwart. Hg. v. Ludwig Finckh. Stuttgart 1918

Krolow, Karl
Regen: S. 68. Regen: S. 116. In: Gesammelte Gedichte. Bd. 2. © 1975 Suhrkamp Verlag, Frankfurt a.M.

Kunert, Günter
Regen: S. 12. Beim Lesen Lenaus: S. 14. In: Warnung vor Spiegeln © 1970 Carl Hanser Verlag, München

Lenau, Nikolaus
Stimme des Regens: S. 13. In: Nikolaus Lenaus sämtliche Werke in 2 Teilen. Hg. v. Eduard Castle. 1. Teil. Leipzig 1900

Lenz, Hermann
Regen: S. 75. In: Zeitlebens © 1981 Schneekluth Verlag GmbH, München

Lessing, Gotthold Ephraim
Das Regenwetter: S. 87. In: Werke. Erster Bd. Gedichte, Fabeln, Lustspiele. Hg. v. Herbert Göpfert u.a. München 1970

Liliencron, Detlev von
Auf dem Kirchhof: S. 54. April: S. 94. In: Gesammelte Werke. Hg. v. Richard Dehmel. Bd. II. Gedichte. 4. Aufl. Berlin 1914

Ludwig, Otto

Langer Sommerregen: S. 99. In: Werke. Hg. v. Paul Merker unter Mitwirkung des Goethe- u. Schiller-Archivs. Bd. 4. Gedichte. Hg. v. Hans Heinrich Borcherdt. München 1922

Mayröcker, Friederike

Landregen, Juli: S. 103. In: Winterglück © 1986 Suhrkamp Verlag, Frankfurt a.M.

Meyer, Conrad Ferdinand

Erntegewitter: S. 141. In: Sämtliche Werke. Historisch-Kritische Ausgabe. Hg. v. Hans Zeller u. Alfred Zäch. Bd. I. Gedichte. Bern 1963

Miller, Johann Martin

Lied der Bauren beim Regen: S. 89. In: Das wahre Glück ein Mensch zu sein. Lyrik der Aufklärung und des Sturm und Drang. Hg. v. Jochen Golz. Berlin 1973

Mörike, Eduard

Erinnerung: S. 111. In: Werke und Briefe in zwei Bänden. Hg. v. Hans-Heinrich Reuter. Bd. 1. Leipzig 1957

Müller, Heiner

Leichter Regen auf leichtem Staub: S. 32. In: Werke. Bd 1. Die Gedichte © 1998 Suhrkamp Verlag, Frankfurt a.M.

Ramler, Karl Wilhelm

Des Frühlings Ankunft. Zweytes Rondeau: S. 93. In: Lieder der Deutschen. Faksimiledruck nach der Ausgabe von 1766. Nachwort A. Anger. Stuttgart 1965

Rilke, Rainer Maria

Einsamkeit: S. 62. Vor dem Sommerregen: S. 98. In: Werke in drei Bänden. Ausgewählt und hg. v. Insel-Verlag, nach der Ausgabe der vom Rilke-Archiv hgg. ›Sämtlichen Werke‹. 1. Bd. Frankfurt a. M. 1966

Röttger, Karl
Lindenaufblühn: S. 40. In: Saat und Ernte. Die deutsche Lyrik um 1925. In Selbstauswahlen der Dichter und Dichterinnen. Hg. v. Albert Sergel. Berlin 1924 © Dr. Gerda Freise

Schiller, Friedrich
Baurenständchen: S. 70. In: Schillers Gedichte. Hg. v. Klaus L. Berghahn. Königstein 1980

Schnurre, Wolfdietrich
Regentag: S. 47. In: Ich frag ja bloß. Ullstein Taschenbuch. München 1973 © Marina Schnurre. Kulisse: S. 127. In: Kassiber und neue Gedichte. München 1979

Schwitters, Kurt
Frühe rundet Regen blau: S. 56. In: Das gesamte literarische Werk © 1973, Kurt Schwitters, Das gesamte literarische Werk, DuMont Literatur und Kunst Verlag, Köln

Shakespeare, William
Lied des Narren: S. 143. In: Was ihr wollt. In der Übersetzung von Schlegel u. Tieck. Hg. v. L.L. Schücking. Berlin 1967

Storm, Theodor
Morgane: S. 17. In: Werke in einem Band. Hg. v. Peter Goldammer. München 1988

Trakl, Georg
De Profundis: S. 52. Der Gewitterabend: S. 142. In: Dichtungen und Briefe. Historisch-Kritische Ausgabe. Hg. v. Walther Killy u. Hans Szklenar. Bd. I. Salzburg 1969

Uhland, Ludwig
Lob des Frühlings: S. 96. In: Werke. Hg. v. Hartmut Fröschle u. Walter Scheffler. Bd. I. Gedichte. Ausgabe letzter Hand. München 1980

Der Herausgeber dankt seinen Mitarbeitern, Rainer Barbey und Erwin Petzi, herzlich für die kompetente Unterstützung.